서문문고
308

프로메테우스 (외)

괴테 지음
오 청 자 옮김

차 례

옮긴이의 글

괴테(Johann Wolfgang von Goethe, 1749~ 1832)는 청년기 때 가장 다양한 작품들을 썼다. 젊은 괴테의 극작에 대한 충동은 그가 스스로 "희곡을 쓰지 않으면 나는 죽을 것이다."라고 고백한 말에서 증명된다. 제어할 수 없는 창작욕, 게다가 순수하고 진정한 예술에 대한 열정, 모든 것을 희곡화하려는 그의 열망을 위해 희곡은 가장 적당한 예술형식이었을 것이다. 청년 괴테가 쓴 작품들의 다양성은 중심인물들의 문제성, 모호한 구조적 긴장을 통해서뿐 아니라 어조를 통해서도 그 성격이 규정된다. 『프로메테우스』, 『사티로스 또는 우상화된 숲속의 색마』, 『신들과 영웅들과 뷔일란트』, 『클라우디네 폰 빌라벨라』, 『오누이』 등 괴테의 청년기 희곡은 작가가 라이프치히, 프랑크푸르트, 그리고 바이마르에 체류할 때 쓴 것이다. 괴테의 미완성 희곡 중 『프로메테우스』는 가장 방대한 것이고, 그의 수많은 풍자극 중 『사티로스』와 『신들과 영웅들과 뷔일란트』는 가장 중요한 풍자극이며, 『클라우디네 폰 빌라 벨라』는 가장 중요한 대표적 가극이다. 『오누이』는 괴테의 여동생 코르넬리아와 샬롯데 폰 슈타인 부인과의 관계를 감지케 하는 자전적 요소가 내포되어 있다고 평가되는 작품이다.

이 다섯 편의 작품은 젊은 괴테의 독창성과 창조적 재능을 뒷받침한다고 할 수 있다. 그뿐 아니라 훗날 괴테의 작품에서 다시 발견되는 요소들이 여기에 이미 내포되어 있다는 점에서 이 작품들이 갖는 의미와 중요성을 인식할 수 있는 계기가 될 수 있을 것으로 사료된다.

번역에 앞서 작품을 검토하기 시작한 순간부터 난관에 부딪쳤다. 이 작품들이 독일문학사에서도 거의 언급되지 않아 번역에 참고할 만한 자료를 찾을 수 없었기 때문이다. 사실 번역을 진행하는 동안에도 이 작품들이 담고 있는 작가의 진의가 희석되거나 변질되지나 않을까 하는 걱정이 고통으로 다가오기도 했다. 우리말의 특성상 원전과 번역문의 운율을 일치시키는 것은 거의 불가능한 것으로 판단되어, 단지 원문과 번역문의 행이라도 맞추어 보려고 최대한의 노력을 기울였다.

괴테를 전공하지 않은 사람으로서 괴테의 작품, 더욱이 그의 청년기 작품을 번역한다는 것은 모험이며 욕심이라는 생각이 들기도 했다. 적절한 어휘 선택의 어려움과 번역상의 기교 부족으로 인해 불명확한 의미 전달, 때로는 불가피한 오역 등 부족한 점이 많을 것이다. 하지만 국내 초역이라는 데 작은 의미를 부여하면서 독자의 이해와 동의를 구하고 싶다. 아울러 이 번역서가 후학들이 괴테의 초기작품을 연구하는 데 일조할 수 있기를 기대한다. 정확한 번역을 위한 도움 요청을 흔쾌히 허락하신 하이디 강Heidi Kang 교수님과 빌프리트 스코아 Wilfried Skor 박사님, 졸문을 성의껏 읽어주고 다듬어 주신 김영옥 박사님, 불분명한 부분에 대해 명쾌한 설명을 해주신 임우영 교수님께도 감사의 말씀을 전하고 싶다.

위의 작품들은 15.6년 전 한국괴테학회의 괴테 전집 번역계획의 일환으로 번역했으나 그 계획이 무산되어 아쉬웠던 차에 이번 서문당의 배려로 빛을 보게 되었다.

어려운 여건에서도 쾌히 출판을 허락해 주신 최석로 사장님과 책이 나오기까지 수고하신 편집부 여러분께 깊은 감사의 말씀을 드린다.

이 번역의 원전으로는 함브르크판 괴테 전집 4권(Johann Wolfgang von Goethe: Werke. Hamburger Ausgabe in 14 Bden Hrsg. v. Erich Trunz C. H. Beck München 1981)을 이용하였으며, 그 중에서 『Prometheus』, 『Satyros oder der vergötterte Waldteufel』, 『Götter, Helden und Wieland』, 『Claudine von Villa Bella』, 『Die Geschwister』를 번역하였고 해설은 위의 책 주석 부분을 주로 참조하였다.

2005년 8월

靑燕 吳淸子

※이 책은 2005년도 충북대학교 학술연구지원사업의 연구비 지원에 의하여 번역되었음.

프로메테우스

미완성 희곡

제 1 막

프로메테우스 · 메르쿠어

프로메테우스   그들에게 난 그러기 싫다고 전하라!
분명히 말하지만 난 그러고 싶지 않다!
그들의 의도는 나와 다르다!
일 대 일로 대등하게 있는 것이
서로 공평하리라!

메르쿠어   그 따위 말을 네 아버지인 제우스에게
전하라는 것이냐? 네 어머님께?

프로메테우스   누가 아버지이고 어머니란 말인가?
너는 네 근원에 대해 알고 있느냐?
내가 이 두 발로 서 있음을 처음으로 알았을 때,
나는 서 있었고, 이 두 손을 내밀고 있다는 것을
느끼면서 나는 손을 내밀었다.
그리고 나는 내 발걸음에 주목하는 그들을 보았
는데 그들이 네가 아버지며 어머니라 부르는 자
들이다.

메르쿠어   네가 어렸을 때 네게 도움의 손길을 주지 않
았느냐?

프로메테우스   그 대신 그들은 가엾은 새싹을 이리저리
　　　　굴리며 자기들 맘 내키는 대로 교육하면서 어린
　　　　나의 순종을 기꺼워했었다.

메르쿠어   그들은 너를 보호했다.

프로메테우스   무엇에 대해서 나를 보호했단 말이냐?
　　　　그들이 두려워했던 위험에서 나를 보호했겠지.
　　　　은밀히 내 마음을 괴롭혔던 능구렁이들로부터 나
　　　　를 지켜주었던가?
　　　　거인들에게 도전하도록 내 가슴을 단련시켜 주었
　　　　던가?
　　　　나의 주인이며 너희들 주인이기도 한 전능한 시
　　　　간이 나를 남자로 만들지 않았느냐?

메르쿠어   딱하구나! 너의 신들에게 그대로 전하란 말
　　　　이냐? 저 영원한 신들에게?

프로메테우스   신이라고? 나는 신이 아니다.
　　　　그러나 나도 신만큼의 가치가 있다고 생각한다.
　　　　영원하다고? - 전능하다고? -
　　　　너희들이 대체 할 수 있는 것이 무엇이냐?
　　　　하늘과 땅의 넓은 공간을
　　　　내 주먹 안에 쥐어 줄 수라도 있단 말이냐?
　　　　나 자신으로부터
　　　　나를 떼어놓을 수라도 있느냐?
　　　　나를 하나의 세계로
　　　　더 크게 확장시킬 수라도 있단 말이냐?

메르쿠어　그게 너의 운명이구나!

프로메테우스　너는 운명의 힘을 인정하는가?
　　　　　　나도 그것을 인정한다! - 그러니 가라,
　　　　　　나는 노예들에게 굽실거리지 않는다.
　　　　　　(메르쿠어 퇴장)

프로메테우스　(숲 속 여기저기에 세워져 있는 자기가 만든
　　　　　　입상들을 돌아보면서)
　　　　　　소중한 한순간!
　　　　　　그 바보가 나를
　　　　　　너희로부터 떼어놓았구나!
　　　　　　내 아이들아!
　　　　　　뭔지 모를 것이 내 가슴을 흥분시키는구나!
　　　　　　(한 소녀에게 다가서며)
　　　　　　너의 가슴이 나를 향해 뛰어야 할 텐데!
　　　　　　너의 눈은 지금 벌써 말하고 있구나!
　　　　　　사랑스런 입술아, 내게 이야기해 보렴!
　　　　　　오! 너희들이 무엇인지 너희 자신을
　　　　　　느끼게 해줄 수 있으면 좋으련만!
　　　　　　(에피메테우스 등장)

에피메테우스　메르쿠어가 몹시 탄식하고 있던걸요.

프로메테우스　네가 그의 하소연을 들어주지 않았다면,
　　　　　　그는 탄식하지 않고 돌아갔을 것이다.

에피메테우스　형님! 지금 신들이 제안하는 것은 지당
　　　　　　하며 모두 옳은 것입니다.

그들은 형님에게 올림푸스의 정상을 비워 주려
합니다.
형님이 그곳에 거주하며 지상을 다스려야 한다는
것이지요!

프로메테우스 날 보고 성주가 되어 그들의 천상을 보
호하란 말이냐? -
내 제안이 더 공정한 것이다.
그들이 나와 나누어 갖고 싶어한다만 난 그들과
나눌 것이라곤 하나도 없다.
내가 가지고 있는 것을 하나도 빼앗아 갈 수는
없다. 그러니 저희들은 저희들의 것이나 지키라
고 해.
이곳은 내 것이고 네 것이기도 하다만 우리는 서
로 의견이 맞지 않는구나!

에피메테우스 대체 어디까지가 형님 것인가요?

프로메테우스 내 영향력이 미칠 수 있는 범위이다!
그 이상도, 그 이하도 아니다! -
저 위의 별들이 무슨 권리로 나를 호기심 있게
바라보고 있단 말인가?

에피메테우스 형님은 홀로 외롭게 서 있습니다!
형님! 신들이 만일 형님 것과 지상과 천상을 모
두 하나의 내적인 전체로서 느낀다면, 형님의 고
집은 헛수고가 되고 말 것입니다.

프로메테우스 나도 그것을 알고 있다!

사랑하는 아우야, 제발 너는 네 마음대로 하고
나를 내버려 두어라!
(에피메테우스 퇴장)

프로메테우스 이곳이 나의 세계요, 나의 우주이다!
여기서 나는 나 자신을 체험한다.
여기 구체적인 형상 속에 나의 모든 소망이 있다.
내 소중한 아이들 안에서 천 갈래로 나누어져 있
는 나의 영혼을 느낀다.
(미네르바 등장)

프로메테우스 나의 여신이여, 그대는 감히 아버지의
적대자인 나를 찾아올 생각을 하셨군요?

미네르바 나는 나의 아버지를 존경해요, 그리고 프로
메테우스, 당신을 사랑해요!

프로메테우스 그대는 나의 정신, 그 자체요.
그대의 말은 나에게 처음부터 하늘의 빛이었소!
내 영혼이 스스로에게 말을 건네는 듯
내 영혼의 문이 열리는 듯하고,
그 안에서 저절로 형제와도 같은
화음이 울리는 듯할 때마다,
그것은 그대의 말이었소.
그리하여 나는 나 자신이 아니었소.
내가 말한다고 생각할 땐,
어떤 신이 말했고,
어떤 신이 말한다고 생각할 땐,

　　　　나 자신이 말하는 것이었지요.
　　　　이렇듯 나와 함께 내적으로 하나이며
　　　　영원히 나의 사랑인 그대여!
미네르바　　나도 영원히 당신 곁에 있습니다!
프로메테우스　　기울어진 해의
　　　　달콤한 여명이
　　　　저기 칠흑같이 어두운 코카서스 산 위에서
　　　　설핏 비치며
　　　　거기에 없을 때에도 늘 내 곁에 있어,
　　　　내 영혼을 조용한 기쁨으로 감싸주듯이,
　　　　그렇게 나의 힘은 하늘의 영기에서 나오는
　　　　그대의 입김과 함께 자라납니다.
　　　　그런데 대체 무슨 권리로
　　　　올림푸스의 거만한 자들은
　　　　내 힘을 요구하는 것입니까?
　　　　그것은 나의 힘이며, 나만이 사용할 수 있습니다.
　　　　신들 가운데 가장 윗자리에 앉아 있는 그를 위해
　　　　서 난 더 이상 아무것도 해줄 수 없소!
　　　　신들을 위해서라구요?
　　　　내가 그들을 위해서 존재한단 말이오?
미네르바　　힘있는 자는 그렇게 생각한답니다.
프로메테우스　　여신이여, 나도 그렇게 생각한다오.
　　　　그리고 나에게도 힘이 있습니다. ―
　　　　과거엔 ― 내가 스스로 선택한 종의 신분으로

그들이 매우 엄숙하게 내 어깨 위에 올려놓은
무거운 짐을 진 모습을
그대는 자주 보지 않았소?
내가 일상의 온갖 일을 그들의 명령대로
수행하지 않은 것이 어디 하나나 있었던가요?
그들이 현재에 있으면서
과거와 미래를 내다본다고
믿었기에,
그들의 지배와 계율은
태초의 사심 없는 지혜라고
믿었기에 말입니다.

미네르바   당신은 자유를 얻기 위해 봉사했지요.

프로메테우스   나는 많은 자유를 위해서라도 내 처지를
제우스의 독수리와 바꾸고 싶진 않습니다.
그리고 노예인 주제에 자랑스레 제 주인의
위세를 부려 보는 짓은 하고 싶지 않아요.
그들은 누구입니까? 나는 누구입니까?

미네르바   당신의 증오는 부당한 것입니다.
신들에게는 영속성과 힘과 지혜와 사랑이
운명으로 정해져 있어요.

프로메테우스   그들이 그 모든 것을 가졌다 할지라도
그들만이 가진 것은 아니오!
나도 그들처럼 영원하오.
우리 모두가 영원한 것이오! ―

나는 내 존재가 언제 시작되었는지 기억하지 못
하며, 나를 거두어 갈 어떠한 소명도 받지 않았
으니 끝이라는 것을 느끼지 못하오.
나는 존재하므로 따라서 영원한 것이오.
그리고 지혜란 것은 -
(미네르바를 그가 만든 입상 쪽으로 안내하며)
이 이마를 보시오!
내 손가락으로 이것을 만들지 않았던가요?
그리고 이 힘찬 가슴은 도처에 도사리고 있는 위
험에도 끄떡 않고 당당히 서 있소.
(한 여인상 앞에 멈춰선다.)
그리고 너 판도라여,
드넓은 하늘 아래,
기쁨을 주는
온갖 선물을 담은 성스러운 그릇이여,
끝없는 대지 위에서
환희의 감정으로 나를 힘솟게 하는 모든 것,
서늘한 그늘에서
내게 위안을 주는 모든 것이여,
일찍이 태양의 사랑으로 내 가슴에 와닿았던
봄의 환희여,
일찍이 바다의 온화한 파도로 와닿았던 부드러움
이여, 언젠가 내가 맛본 순수한 천상의 광휘와
영혼의 고요한 즐거움이여,

이 모든 것을 지닌 - 나의 판도라여!

미네르바   제우스는 당신에게 제안했어요,

당신이 그의 제안을 받아들인다면

저들 모두에게 생명을 주리라고.

프로메테우스   그것이 나를 주저하게 한 유일한 것이었소.

그러나 - 내가 종이어야 한단 말이오?

그리고 우리 모두가

저 제우스의 힘을 인정해야 한단 말인가?

안 되오! 그들은 여기서

생명이 없는 채로 매여 있지만,

그러나 그들은 자유로운 것이오.

나는 그들의 자유를 느끼고 있소!

미네르바   하지만 그들은 생명을 얻어야 합니다!

생명을 주거나 앗아가는 것은

운명이지, 신들이 하는 일이 아닙니다.

자, 내가 당신을 모든 생명의 원천으로 인도하지요.

제우스는 우리를 막지 못해요.

그들은 생명을 얻어야 합니다. 당신을 통해서!

프로메테우스   오, 나의 여신이여! 그대를 통해서

그들은 생명을 얻고, 자유를 느끼며 살 것입니다.

생명을! - 그들의 기쁨은 당신의 은공이 될 것이오!

제 2 막

올림푸스산 위에서
제우스 · 메르쿠어

메르쿠어　끔찍한 일입니다. ― 아버지이신 제우스여 ―
　　　　　대반역입니다! 당신의 딸 미네르바가
　　　　　그 모반자를 돕고 있습니다.
　　　　　미네르바가 그자에게 생명의 원천을 열어주고
　　　　　그의 진흙으로 된 궁정과
　　　　　진흙으로 만든 세계와
　　　　　그 주위에 생명을 불어넣어 주었습니다.
　　　　　그것들은 모두 우리들처럼 움직이고 활동하며,
　　　　　우리가 당신을 에워싸고 환호하듯,
　　　　　그를 둘러싸고 환호하고 있습니다.
　　　　　오! 제우스여, 당신의 위력은 어디 있습니까!

제우스　나의 위력은 지금 존재하고 있고, 미래에도
　　　　　존재할 것이다! 또 존재해야 한다!
　　　　　넓은 하늘 아래,
　　　　　끝없는 대지 위에,
　　　　　존재하는 모든 것은

나의 지배 아래 있다.
저 벌레 같은 종족은
나의 종의 숫자를 늘려 주리라.
아버지인 나의 지도를 따르는 자들은 축복받을
것이요,
군주인 나의 지배에 저항하는 자들에게 재앙이
있으리라.

메르쿠어 죄인들의 범행을 용서하시는
만물의 아버지시여!
지극히 인자하신 아버지시여,
천상과 지상의 모든 이로부터
사랑과 찬미받으소서!
오, 저를 보내시어 지상에서 태어난
불쌍한 무리들에게
아버지, 당신과 당신의 선하심, 당신의 권력을
알리게 하소서!

제우스 아직은 때가 이르다! 지금 그들은 갓 태어난
젊음의 환희 속에서 자신의 영혼을 신과 같다고
느낄 것이니라. 그들은 너를 필요로 할 때까지는
너의 말을 듣지 않을 것이니라. 그러니 우선 저
들이 하는 대로 내버려 두어라!

메르쿠어 자비로우시며 현명하시도다!

올림푸스산 기슭의 계곡

프로메테우스   제우스여! 내려다보아라!
살아 움직이는 나의 세계를!
이것을 나는 나의 형상에 따라 만들었다.
이 종족은 나와 같이
번민하고, 울며, 향유하고 지배한다.
그리고 나처럼,
당신을 존경하지 않는다.

(인간들이 온 계곡에 흩어져 있다. 그들은 나무에 올라가
열매를 따고, 물 속에서 몸을 씻고, 경쟁하며 초원을 달린
다. 아가씨들은 꽃을 꺾어 열심히 화관을 엮는다. 한 남자
가 베어낸 어린 나무를 들고 프로메테우스에게 다가온
다.)

남 자   당신이 말씀하신 이 나무를 좀 보세요.
프로메테우스   그것을 어떻게 땅에서 뽑았느냐?
남 자   이 뾰족한 돌로 힘들이지 않고 나무뿌리를
잘라내었지요.
프로메테우스   우선 가지를 쳐내거라! -
그 다음 이 나무를 이곳에 땅 속 비스듬히 박아
라.
그리고 이 나무는 이곳에, 이렇게 맞은편에 박아
라.
그런 다음 그 나무들을 위에서 연결하여라! -

그러고 나서 다시 나무 두 개를 이 뒤로 박고
그 위에다 나무 하나를 가로질러 놓아라.
이젠 가지들을 위에서부터
땅 아래까지 내려서,
가지들을 서로 묶고 얽어 맞춘 다음,
주위에다 잔디풀을 깔고,
그 위에 가지들을 좀더 얹어,
햇볕이 들지 않고,
비바람이 들이치지 않도록 하여라.
자! 사랑하는 아들아,
여기가 너의 안식처인 오두막이니라.

남 자 고맙습니다. 사랑하는 아버지! 참으로 고맙습
니다! 그런데 제 형제들 모두가 이 오두막에서
살아도 될까요?

프로메테우스 그건 안 된다.
이것이 네가 너를 위해 세운 집이니
너의 것이다.
너는 이 집에서
네가 원하는 사람과 함께 살 수 있다.
그러나 집이 필요하거든 누구나
자기가 제 집을 지어야 한다.

(프로메테우스 퇴장)

두 남자

남자1 내 염소 중
      한 마리도 가져가선 안 돼.
      저것들은 내 것이야.
남자2 그거 어디서 난 거지?
남자1 어제 밤낮으로
      산을 기어 올라가서,
      진땀을 흘리며
      저것들을 산 채로 잡아왔어.
      돌과 나뭇가지로 둘러치고
      여기에다 가두어
      밤새 지켰단 말이야.
남자2 그러지 말고 내게 한 마리만 줘!
      나도 어제 한 마리 잡았는데,
      불에 구워서
      형제들과 함께 나눠 먹었거든.
      오늘 한 마리 이상 필요한 게 아니잖아?
      우리 내일 다시 잡자구.
남자1 내 양들에 손대지 마!
남자2 싫어, 할래!
      (남자 1은 그가 곁에 못 오게 막는다. 남자 2가 남자 1에
      게 돌을 던지자 그는 쓰러지고, 남자2는 염소 한 마리를
      끌고 달아난다.)
남자1 폭력이다! 아이고! 아이고!
프로메테우스 (등장) 무슨 일이냐?

남 자   그 녀석이 내 염소를 빼앗아 갔어요! -
        내 머리에서 피가 흘러요. -
        그 녀석이 이 돌을 내게 집어던져
        나를 넘어뜨렸어요.
프로메테우스   나무에서 이 약초를 따서
        상처난 곳에 갖다 대어라!
남 자   말씀대로 하지요. - 사랑하는 아버지!
        벌써 피가 멈췄어요.
프로메테우스   가서 얼굴을 씻어라.
남 자   하지만 제 염소는요?
프로메테우스   그자를 내버려 두어라!
        그가 사람들을 해하면
        모두가 그의 적이 되리라.
        (남자 퇴장)
프로메테우스   나의 아이들아, 너희는 타락한 것이 아
        니다. 너희는 근면한가 하면 게으르고,
        잔인하고도 온화하며,
        관대하고도 탐욕스럽고,
        너희는 모두 너희 운명의 형제들을 닮았으니,
        동물 같기도 하고 신들 같기도 하다.
        (판도라 등장)
프로메테우스   무슨 일이냐, 내 딸아,
        왜 그렇게 불안해하지?
판도라   아버지!

          아, 내가 본 것을, 내가 느낀 그것을
          어떻게 설명하면 좋을까요, 아버지!
프로메테우스   무슨 일이기에 그러느냐?
판도라   오! 나의 가엾은 미라! -
프로메테우스   그 아이한테 무슨 일이 생겼느냐?
판도라   형언할 수 없는 감정이에요!
          난 그 아이가 숲 속으로 가는 것을 보았어요.
          우리가 자주 화관을 엮었던 곳이지요.
          난 그 애를 쫓아갔는데,
          아, 내가 언덕을 내려가는데,
          그 애가 계곡 풀밭에 쓰러져 있는 걸 보았어요.
          다행히도 우연히 아르바르가 숲 속에 있다가,
          그 애를 그의 팔로 꼭 붙잡아,
          그 애가 넘어지지 않게 하려고 했지만
          아, 그만 함께 쓰러져 버리더군요.
          그 애의 고운 머리가 힘없이 축 늘어지고
          그는 그 애에게 한없이 입맞추며
          숨을 불어 넣어주려고 그녀의 입에 매달렸어요.
          나는 겁이 났어요. 그래서 달려가 소리질렀지요.
          내 고함치는 소리에 그 애가 깨어났어요.
          아르바르는 그 애를 놓아주었고,
          그 애는 일어났어요. 그러고는,
          아, 반쯤 얼빠진 눈으로
          내 목에 매달렸어요.

그 애의 가슴은 찢어질 듯 몹시 뛰었고,
뺨은 빨갛게 달아올라 있었으며,
입은 바싹 마르고, 한없이 눈물을 흘리는 것이었
어요.
나는 다시 그 애의 무릎이 떨리는 것을 보고
그 애를 꼭 잡아주었어요, 사랑하는 아버지,
그런데 그 애의 입맞춤, 그 애의 격정은
전혀 알지 못하던 새로운 느낌을 가지고
내 혈관을 따라 흘렀어요.
그래서 나는 당황하고 불안해져서
울며 끝내 그 애를 놓아 두고
숲과 들을 지나
아버지에게 달려왔던 거예요.
아버지! 말씀해 주세요.
그 애와 저에게 충격을 준 그 모든 것은 무엇인
가요?

프로메테우스   죽음이니라!

판도라   그게 무엇인가요?

프로메테우스   내 딸아,
너는 많은 기쁨을 맛보았다.

판도라   수없이 많은 기쁨을 맛보았지요.
그 모든 것을 아버지께 감사드립니다.

프로메테우스   판도라, 네 가슴은
떠오르는 태양을 향해,

또 흐르는 달빛을 향해 뛰었었다.
그리고 네 놀이친구들의 입맞춤에서
너는 지순한 행복을 맛보았지.

판도라   형언할 수 없을 만큼이오!

프로메테우스   춤을 출 때 네 몸을 바닥에서
가볍게 들어올린 것은 무엇이었지?

판도라   기쁨이었어요!
사지가 노래와 연주에 감동되어 움직이고 흥분한
것처럼 나는 완전히 선율 속에서 몽롱해졌어요.

프로메테우스   모든 것이 결국 잠으로 용해되듯,
기쁨과 고통도 언젠가는 끝난다.
너는 태양이 작열하는 것을,
타는 목마름을,
피곤하여 무릎이 떨리는 것을 느껴 보았고
잃어버린 양 때문에 울었다.
그리고 숲 속에서 발꿈치를 가시에 찔렸을 때,
내가 치료해 주기 전까지
넌 얼마나 아파 신음하며 떨었니.

판도라   아버지, 삶의 기쁨과 고통은 여러 가지군요.

프로메테우스   그리고 너는 아직 네가 모르는 많은 기
쁨과 고통도 있다는 것을 마음으로 예감하고 있
을 거야.

판도라   정말 그래요! - 이 마음은 종종 아무 데도 동
경하지 않다가도 사방을 동경하곤 해요!

프로메테우스   그런데 모든 것을 충족시키는 한순간이
        있지. 우리가 동경하고, 꿈꾸고, 희망했고, 두려
        워했던 모든 것을 충족시키는 순간 말이다.
        소중한 내 딸아, - 그것은 바로 죽음이니라!

판도라   죽음이라구요?

프로메테우스   네가 내면 가장 깊숙한 곳에서부터 지금
        까지 기쁨과 고통이 네게 부어 넣은 모든 것을
        아주 충격적으로 느낄 때,
        네 가슴이 격정으로 넘쳐,
        눈물로 진정하려 하고 심장의 작렬이 증대할 때,
        네 안의 모든 것이 울리고 진동하고 떨리며, 너
        의 모든 감각이 사라지고, 너 자신이 없어지는
        듯하고 주저앉을 때, 그리고 네 주위의 모든 것
        이 밤 속으로 함몰할 때, 그리하여 네가 네 자신
        의 내적 감정으로 하나의 세계를 포용하게 될 때,
        그때 인간은 죽는다.

판도라   (그의 목을 감으면서) 오, 아버지, 우리, 죽어요!

프로메테우스   아직은 안 된다.

판도라   그러면 죽은 다음은 어떤가요?

프로메테우스   욕망과 기쁨과 고통 - 이 모든 것이 거
        친 환락과 함께 사라지고, 환희의 잠으로 힘을
        얻으면,
        너는 다시금 아주 어리게 소생하여 새로이 두려
        워하고, 희망하고, 열망할 것이니라!

사티로스

또는
우상화된 숲 속의 색마

희곡

제 1 막

은둔자   여러분들은 내가 도시에서 살기 싫어하기
　　　　 때문에 고독할 것이라 생각하겠지요.
　　　　 그건 여러분들이 잘못 생각하는 것입니다!
　　　　 도시사람들이 방탕하게 살기 때문에,
　　　　 그리고 아첨꾼, 위선자, 도둑 등,
　　　　 모두들 저마다 충동대로 산다고 해서,
　　　　 내가 이곳으로 온 것은 아닙니다.
　　　　 그런 행동을 하고 존경받으려고만 하지
　　　　 않는다면,
　　　　 나는 그래도 나 자신을 달래 보았을 것이오.
　　　　 까마귀들처럼 내 것을 훔치고 나를 속이고
　　　　 그것도 부족해서 또 정중한 대접을 받으려
　　　　 하다니!
　　　　 그들의 바보스러움이 지겨워
　　　　 그곳을 빠져나와 이곳 신의 도시로 왔다오.
　　　　 물론 이곳도 복잡하긴 마찬가지이나
　　　　 그래도 타락하지 않을 테니까요.
　　　　 나는 봄의 산과 계곡에서
　　　　 꽃봉오리가 없는 곳은 하나도 없이

수많은 꽃과 꽃봉오리가
저마다 밀치고 나오는 것을 보았답니다.
이것을 보고 멋없는 속물들은
그건 나와 내 식구들을 위한 것이라고,
우리 하느님이 올해에도 자비로우셔서,
내 집과 창고를 그득하게 채워 주셨으면 하고 생
각하겠지요!
하지만 우리 하느님은 그래선 안 된다고
말씀하십니다.
다른 사람들도 즐겁게 해줘야 하니까요.
햇빛이 우리를 위해
먼 곳에서부터 황새와 제비를 불러들이고,
나비 집에서 나비를,
틈새에서 파리를 끌어내며,
애벌레를 부화시킵니다.
그것은 모두 생식력에서 솟아 나옵니다.
그 모든 것이 어느 새 잠에서 깨어나면서,
새들과 개구리들, 동물들과 모기들이
매 순간마다 짝을 지으니,
앞뒤에서, 배와 등에서
꽃과 잎마다 아담한 신혼의 잠자리가 이루어지고
자손이 불어납니다.
그러면 나는 진심으로 모든 벌레들과 함께 신을
찬미하는 노래를 부릅니다.

백성들은 먹을 것이 필요하면 신이 선물하신 음식을 먹으면 됩니다.

이렇듯 작은 벌레는 싱싱한 어린 순을 먹고, 또 벌레는 종달새를 배부르게 하지요.

그리고 나도 음식을 먹어야 하기에 나는 작은 종달새를 잡아 먹습니다.

실은 나도 평범한 가장이고 게다가 집과 마굿간과 정원을 가지고 있답니다.

나는 내 작은 정원과 여물어 가는 어린 열매를 추위와 해충과 건조한 열기로부터 보호해 주지요.

그런데 어느 날 우박이 날아 들어와 내 집을 엉망으로 만들어 놓으면 그런 자연의 재앙에 나는 정말 화가 납니다.

하지만 짐승처럼 사는 몇몇 사람들이 기근 때문에 이미 죽어버렸을 때도 나는 그 해의 마지막 날까지 살아났답니다.

(멀리서 울부짖는 소리가 들린다.)

아야, 아야! 아이고, 아파! 아이고 아파!

아이고, 아이고!

은둔자   이게 웬 비명 소리인지!

틀림없이 어디 몸을 다친 야수의 비명인데.

사티로스   아이고 내 등아! 아이고 내 다리야!

은둔자   여보게 친구, 어딜 다쳤소?

사티로스　　멍청한 질문이군! 보면 모르겠소?
　　　　　넘어져 내 다리가 부러졌단 말이오!
은둔자　　업히시오! 여기 오두막으로 들어갑시다.
　　　　　(은둔자는 그를 업고 오두막으로 데리고 들어가 자리에
　　　　　눕힌다.)
은둔자　　움직이지 마시오. 상처를 살펴봐야겠으니.
사티로스　　살살해요! 나를 오히려 아프게 하고 있잖아!
은둔자　　바보 같으니라고! 자, 가만 있어요!
　　　　　내가 일부러 아프게 매겠소?
　　　　　(그의 상처에 붕대를 감아준다.)
　　　　　제발 이렇게만이라도 가만히 있으시오!
사티로스　　포도주와 과일도 좀 주시지.
은둔자　　우유와 빵밖엔 아무것도 없소.
사티로스　　살림살이가 어려우시군요.
은둔자　　당신과 같이 귀한 손님이 오리라곤 생각 못했
　　　　　군요. 저기 냄비에 들어 있는 것이나 좀 드시지
　　　　　요.
사티로스　　퉤! 이게 대체 무슨 맛이람!
　　　　　동냥밥보다도 못하군.
　　　　　저기 산 속에 사는 염소들로 말할 것 같으면,
　　　　　나는 그중 한 놈의 뿔을 잡고,
　　　　　퉁퉁 불은 젖꼭지를 입으로 물어,
　　　　　내 목 안에 콸콸 젖을 쏟아놓게 할 수 있지요.
　　　　　그놈들은 분명 좀 별난 생물입니다.

은둔자   그러니 어서 다시 건강해지슈!

사티로스   그런데 손에다 뭘 부는 거요?

은둔자   이런 기술 모르오? 손가락 끝에 입김을 불어
          따뜻하게 하는 거지요.

사티로스   당신도 참 지독하게 가난하군요.

은둔자   천만에, 이 양반! 난 엄청난 부자요.
          무엇이 필요하기만 하면 금방 구할 수 있으니까
          요.
          죽과 야채 좀 들지 않겠소?

사티로스   그 맛없는 더운 죽물이 내게 다 무슨 소용이
          오?

은둔자.   그럼 우선 편히 누워 몇 시간 주무슈.
          난 당신 입맛에 맞는 것이 좀 있나 찾아볼 테니.

제 2 막

사티로스 (잠에서 깨어나) 이건 개나 살 집이군!
          범죄자의 고문대야!
          등이 배겨 욕창이 생길 지경이고,

게다가 지긋지긋한 모기새끼들 하며,
시궁창에 들어온 셈이군!
그래도 내 동굴은 살만하다고.
잘 조각된 단지에 포도주가 담겨 있고
기름진 우유와 치즈도 충분히 있지. -
그런데 내가 다시 걸을 수 있을까? -
저기가 바로 그자가 기도하는 자린가 보지.
그 바보가 믿는 하느님을 보면
눈이 다 아파.
조각된 나무 십자가상에
내 마음을 여느니,
차라리 눈물이 날 때까지
양파에게나 기도하겠다.
이 세상에서 내 위에 있는 것은 아무것도 없어,
신은 신이고, 나는 나니까.
이렇게 슬그머니 빠져나갈까 보다.
집주인에겐 관심없으니까!
혹시 뭐 쓸 만한 건 없나?
저기 아마포가 괜찮겠는데.
아가씨들이 내 앞을 그렇게 지나다니니,
이것으로 앞을 가리면 되겠군.
그자의 십자가상을 끌어내려
바깥 시냇물에 내던져 버려야지.

제 3 막

사티로스   정말 피곤하구나. 날씨도 엄청 무덥네.
　　　샘물은 이렇듯 그늘처럼 시원하군.
　　　여기 이 잔디가 내게 줄 왕좌를
　　　벌써 준비하고 있었군.
　　　산들바람은 언제나 나를 부르지,
　　　바람난 숱한 여인네들처럼.
　　　주위의 자연이 이렇듯 사랑스러우니,
　　　나는 그대 자연을 피리와 노래로 기쁘게 해주리
　　　라.
　　　(물동이를 인 두 소녀 등장)
아르지노에   애, 저쪽에 들리는 저 달콤한 노랫소리 좀
　　　들어 봐! 샘가나 숲에서 나오는 소리 같아.
프시케   우리 마을에 사는 소년이 부르는 노래는 아닌
　　　데. 저런 노래를 부르는 것은 하늘의 신들뿐이야.
　　　자, 우리 잘 들어 보자!
아르지노에   가슴이 답답해.
프시케   아! 내 가슴이 저 노래를 갈망하고 있어.
사티로스   (노래한다.) 그대의 삶, 그대의 가슴은
　　　누구를 향해 불타오르는가?

그대의 날카로운 눈은 무엇을 주시하고 있는가?
주위의 자연이 그대에게 경의를 표하고 있으니,
모두가 그대의 것이네.
하지만 그대는 고독하고
슬프기만 하구나!

아르지노에　정말 너무 아름다운 노래야!

프시케　내 심장이 멈춰 버릴 것 같아.

사티로스　(노래한다.) 그대는 하늘에서 노래를 가져와
바위와 숲과 강을 감동시켰고,
그대의 노래는 이곳 사람들에게
태양보다 더 황홀했네.
하지만 그대는 고독하고
슬프기만 하구나!

프시케　오! 거룩하고 고귀한 모습이여!

아르지노에　그의 긴 귀가 보이지 않니?

프시케　그분은 불타는 듯 강한 눈빛으로 주위를 바라
보고 있구나!

아르지노에　그래서 난 저 이상한 사람의 신부는 되고
싶지 않아!

사티로스　오! 사랑스런 아가씨들이여, 이 세상의 자랑
거리여! 제발 내게서 도망가지 마시오.

프시케　어떻게 이 샘가에 오시게 되었지요?

사티로스　내가 어디서 왔는지는 말할 수 없소.
그대들은 내가 어디로 가는지도 물을 필요

없어요. 내겐 지금이 축복받은 시간이라오,
이렇게 사랑스런 그대들을 만났으니.

프시케   오! 사랑하는 이방인이여! 우리에게
당신의 이름과 출신을 좀 말해 주세요.

사티로스   나는 내 어머니가 누군지도 모르고,
아무도 내 아버지가 누군지 말해 주지 않았소.
저 먼 나라의 높은 산과 숲이
내가 즐겨 머무르는 곳이라오.
난 많이 떠돌아다녔답니다.

프시케   저분은 그럼 하늘에서 온 사람이란 말인가?

아르지노에   오, 이방인이여, 당신은 그럼 무엇으로 사
시나요?

사티로스   다른 사람들처럼 생명으로 살지요.
이 넓은 세상이 모두 내 것이니,
내 마음에 드는 곳에서 살지요.
나는 야수와 새들과,
땅 위의 과실과 바다의 물고기를 다스리지요.
또 이 세상에서
나만큼 지혜롭고 영리한 사람은 없을 것이오.
나는 수많은 약초들을 알고 있으며
모든 별들의 이름을 알고 있다오.
그리고 나의 노래는 포도주의 정령과
작열하는 태양처럼 핏속에 사무치지요.

프시케   아, 나는 그때의 기분을 알 것 같아요!

아르지노에   얘, 저분은 우리 아버지 마음에 들 것 같
　　　　아!
프시케   그래, 그렇구나!
사티로스   한데 아가씨의 아버지는 어떤 분이지요?
아르지노에   저희 아버지는 목사이시고
　　　　이 지방에서 가장 나이가 많으신 분이죠.
　　　　책도 많고 사리에 밝은 분이세요.
　　　　식물과 별에도 일가견을 갖고 계시니까
　　　　당신이 꼭 한 번 사귀어 봐야 할 분이지요.
프시케   자, 어서 가서 아버지를 모셔 오렴.
　　　　(아르지노에 퇴장)
사티로스   자, 이제 우리 둘만 자유롭게 남았소.
　　　　오, 천사 같은 이여! 그대의 숭고한 모습에
　　　　내 영혼은 환희로 가득 찼소.
프시케   아! 당신을 만나고 나서부터 어찌할 줄을 모르
　　　　겠습니다.
사티로스   그대의 모습에서 덕과 진리의 빛이 나오고
　　　　있소. 마치 천사의 모습에서처럼.
프시케   저는 가여운 계집애입니다.
　　　　제게 자비를 베풀어 주세요.
　　　　(그는 그녀를 껴안는다.)
사티로스   나는 이 세상의 모든 행복을, 천상의 환희처
　　　　럼 이렇듯 따뜻한 사랑을 내 품안에 갖고 있소!
프시케   이 내 가슴은 벌써 많은 슬픔을 맛보았어요.

하지만 이젠 무한한 행복 속에서 죽을 것 같아요.

사티로스 그것이 어떤 감정인지 전혀 몰랐단 말이오?

프시케 전엔 전혀 몰랐어요. - 당신과 함께 있은 이후에 비로소 알았어요.

사티로스 가슴이 두근거리고 무거웠다가 다시 불안하고 가련하고 공허했겠지.

그래서 그대는 자주 숲에 나갔지

거기서 불안을 떨쳐버리려고.

그러면 기쁨의 눈물이 흐르고

심한 고통이 넘쳐흘러

주위의 천지가 잊혀졌겠지?

프시케 아! 당신은 모르시는 게 없군요.

모든 행복의 환상이 충만되어 있음을 나는 가슴 벅차게 느껴요.

(그는 그녀와 정열적으로 입맞춘다.)

프시케 놓으세요! - 떨려요 - 환희와 슬픔이 -

오! 하느님! 전 죽을 것 같아요 -

(헤르메스와 아르지노에 등장)

헤르메스 손님, 우리 마을에 오신 것을 환영합니다!

사티로스 빌어먹게도 폭넓은 옷을 입고 계시는군요!

헤르메스 이것이 이 고장의 의상이랍니다.

사티로스 또 우스꽝스럽게도 곱슬수염을 하고 계시는 군요.

아르지노에 (프시케에게 나지막한 목소리로)

　　　　　저 못난 사람에겐 모든 게 다 못마땅한가 봐.

프시케　애, 저분은 신의 아들이야.

헤르메스　당신도 내겐 꽤 이상하게 보이는군요.

사티로스　헝클어진 내 머리를 보고 그러시는군요.

　　　　　아무것도 걸치지 않은 내 어깨, 가슴, 그리고 넓

　　　　　적다리, 내 손의 긴 손톱이, 아마 당신에겐 역겨

　　　　　우신가 보군요?

헤르메스　그렇지 않습니다.

프시케　저두요.

아르지노에　(혼자말로) 하지만 난 역겨워!

사티로스　당신들이 당신들의 불행한 운명을

　　　　　재산과 행복이라 생각하려 하고,

　　　　　당신들에게 어울리지 않는 그런 옷을

　　　　　내게 미덕으로 내세우려 한다면,

　　　　　난 사실 이곳에서 빨리 떠나

　　　　　숲으로 들어가 이리들과 포효하고 싶소.

헤르메스　이보시오! 옷을 입는 것은 불가피한 일이오.

프시케　아! 벌써 내 옷이 무겁게 느껴지는구나!

사티로스　불가피하다는 게 다 뭐란 말이오!

　　　　　우스꽝스런 습관일 뿐이지.

　　　　　옷을 걸침으로써 당신들은 진리와 자연에서 멀어

　　　　　지는 것이오. 지고한 행복과, 인생과 사랑의 기쁨

　　　　　이 있는 거기에서 말이오.

　　　　　당신들은 모두 노예가 되어 있어,

인생의 참맛을 모르고 있소.

(군중들이 몰려온다.)

군중 속의 한 사람 그토록 힘찬 연설가가 누구요?

다른 사람 그의 말은 사람의 심금을 울리는군.

사티로스 당신들은 근본을 잊어버리고 있소.

당신들은 자신을 노예가 되게 했소.

집 안에 틀어박혀,

관습 속에 젖어,

오직 먼 옛날의 동화에서나

황금시절을 알고 있을 뿐이오.

군 중 슬프다! 슬퍼!

사티로스 갓 태어난 그대들의 조상은

땅에서 뛰어올라,

황홀하여 정신없이

환영의 노래를 불렀으며,

함께 태어난,

주위에 싹트는 자연의 품에 안겨,

질투하지 않고 하늘을 바라보고,

신들을 향해 환희를 느꼈었지.

그런데 그대들이여 – 그 쾌락은

어디로 가버렸나?

그대들 쇠약해진 인간들은

뒷걸음질만 치는구려!

군 중 슬프다! 슬프다!

사티로스   행복하여라, 신의 존재가 무엇인지
　　　　　느낄 수 있는 사람은!
　　　　　그의 가슴이 품은 생각대로
　　　　　모두 어색한 치장을
　　　　　완전히 벗어버리고,
　　　　　이제 수많은 옷 나부랭이를
　　　　　다 벗어 던지고
　　　　　구름처럼 자유롭게 인생을 느끼는 사람은!
　　　　　제 발로 일어서서
　　　　　세상을 즐기고,
　　　　　까다롭게 고르지 말고,
　　　　　계획하느라 자신을 괴롭힐 필요없소.
　　　　　나무는 천막이 되고,
　　　　　풀은 양탄자가 되며,
　　　　　날밤은
　　　　　훌륭한 음식물이 된 것이니.
군　중   날밤이라고요! 지금 그런 것 좀 먹어 봤으면!
사티로스   당신들의 영원한 행복을
　　　　　훼방하는 것은 무엇이오?
　　　　　당신들을 그 행복에서 가로막는 것은 무엇이오?
군　중   제우스의 아들이여! 날밤을 주십시오!
사티로스   친애하는 여러분, 나를 따르시오!
　　　　　지상의 주인들이여!
　　　　　모두 모이시오!

군 중   날밤이여! 만세!

제 4 막

숲 속에서
(사티로스, 헤르메스, 프시케, 아르지노에,
그리고 군중이 모두 다람쥐처럼 빙 둘러 웅크
리고 앉아 손에 밤을 쥐고 갉아먹고 있다.)

헤르메스   (혼잣말로) 세상에 이럴 수가!
　　　내가 벌써 새 종교 때문에
　　　지독한 소화불량에 걸리다니!
사티로스   그러니 모든 통찰력을 다 기울여
　　　나의 노래를 들으시오!
　　　은밀한 미움 속에서 인간들이
　　　미친 듯이 날뛰면서,
　　　적대적으로 힘에 힘을 맞대고,
　　　적수도 없고, 친구도 없이,
　　　파괴도 없고, 증가도 없이,
　　　혼돈 속에서 모든 것이 얼마나

　　　　뒤죽박죽되었던가 들으시오.

군 중 　우리에게 가르쳐 주십시오, 듣겠습니다!

사티로스 　혼돈 속에서 원초적인 것이 생겨났을 때,

　　　　빛의 힘이 밤을 뚫고 나와,

　　　　모든 생명체의 깊숙한 곳을 뚫고 들어가니,

　　　　새로운 욕망의 파도와

　　　　여러 요소들이 모습을 드러냈고,

　　　　서로 갈망하듯 섞여 넘쳐흘러,

　　　　뒤죽박죽 뒤섞였지요.

헤르메스 　이분의 지력은 신들에게서 받은 것이다.

사티로스 　미움과 사랑이 생겨나고,

　　　　이제 모든 것이 완벽해지자,

　　　　살아 움직이는 화음 아름다운 노래 속에서,

　　　　모든 것이 울려 퍼졌네.

　　　　모든 힘이 쇠잔해졌다가는

　　　　다시 증가하고,

　　　　유일하며 영원한 존재인 우주가

　　　　이리저리 굴러가듯이,

　　　　그것은 늘 변하면서도, 늘 불변하네!

군 중 　저분은 하느님과도 같은 사람이다.

헤르메스 　저분의 열정적인 말씀으로 영혼에 생기가 돋

　　　　아나는구나!

군 중 　하느님! 하느님!

프시케 　거룩한 예언자시여! 당신의 말씀과 당신의 눈

　　　빛에 나타나는 신성이여!

　　　환희로 이 몸은 죽을 것 같습니다!

군　중　무릎을 꿇어라! 경배하여라!

군중 속의 한 사람　우리에게 자비를 내리소서!

다른 사람　기적을 행하시는 영광의 주여!

군　중　이 제물을 받으소서!

한 사람　암흑은 사라졌다.

군　중　이 제물을 받으소서!

한 사람　날이 밝아온다.

군　중　우리는 당신의 것입니다. 신이여,

　　　우리는 당신의 것, 온전히 당신의 것입니다!

　　　(그때 은둔자가 숲을 지나 막 사티로스를 향해

　　　다가온다.)

은둔자　아, 이 얌체 같은 놈아! 여기서 네놈을 만나는

　　　구나! 이 돼먹지 못한 비열한 놈 같으니!

사티로스　누구에게 하는 소리요?

은둔자　네놈에게 하는 소리다.

　　　배은망덕하게 내 물건을 훔친 놈이 누구냐?

　　　내 십자가상을 감히 훔치다니!

　　　이 절름발이 악마 같은 놈!

군　중　저건 지독한 조롱이다!

　　　저자가 우리 영광의 주를 모독한다!

은둔자　넌 어떤 창피를 당해도 얼굴을 붉히지 않는구

　　　나!

군 중 신을 모독하는 자는 죽어 마땅하다!
　　　저자를 돌로 쳐라!

사티로스 잠깐만!
　　　저자가 죽는 장면을 난 보고 싶지 않소!

군 중 거룩하신 분이시여! 저자의 불순한 피를 직접
　　　보지 마옵소서!

사티로스 난 가겠소!

군 중 그래도 우리 곁을 떠나진 마옵소서!
　　　(사티로스 퇴장)

은둔자 당신들 미쳤소?

헤르메스 딱한 양반, 아무 말도 마시오!
　　　이자를 꼭 붙들어 두시오!
　　　가서 내 집에 감금하시오.
　　　(사람들은 은둔자를 데리고 나간다.)

군 중 그자는 죽어 마땅합니다!

헤르메스 그자는 절대로 용서받을 수 없소.
　　　우리에게 그토록 자비와 사랑을 내려주시는,
　　　거룩한 신에게 속죄하기 위해,
　　　우리 사원을 봉납하고
　　　그자를 죽여, 피의 제물로 그를 기쁘게 합시다.

군 중 좋소! 좋소!

헤르메스 신의 발 아래 엎드려 지은 죄를 참회하기 위
　　　해서!

군 중 그자의 범죄에

　　　　복수하고,
　　　　조소를 근절시키기 위해서.
모　두　신을 모독하는 자들을 처형하고,
　　　　신을 찬미하여라!

제 5 막

헤르메스의 집

(헤르메스의 처 오이도라 · 은둔자)

오이도라　여보세요, 여기 이 빵과 우유 좀 드세요.
　　　　남은 게 이것밖에 없군요.
은둔자　고맙습니다. 부인!
　　　　그리고 울지 마시오.
　　　　나를 조용히 죽게 놔두시오.
　　　　난 고생하는 데 퍽 익숙해진 사람이오.
　　　　고생하는 것은 남자들에겐 보통이지요.
　　　　당신의 동정이 나를 사로잡는군요.
오이도라　어떻게 그런 잔인성이 내 남편을,

그런 망상이 모든 사람들을 사로잡을 수 있는가
생각하면 가슴이 아프군요.

은둔자　그들은 확신하고 있어요. - 그들을 내버려 두
시오! 당신에게 이로울 게 없을 테니까요!
불쌍한 우리와 운명이 장난을 하는 게지요.

오이도라　그 짐승 같은 인간 때문에 당신을 죽이려 하
다니요!

은둔자　그는 짐승 같은 인간이오!
하지만 마음속으로 무엇을 갈망하는 사람은,
사방에서 예언자를 만나는 법이지요.
내가 첫 순교자는 아니지만,
무고한 순교자들 중 한 사람인 건 틀림없소.
어떤 특별한 의견 때문도 아니고,
어떤 내 나름의 기분 때문도 아니지요.
보잘것없는 옷감 한 조각 때문에, 맹세코,
내게 필요한 그 옷감 한 조각 때문이었지요.
게다가 그 괴물은 내 안식의 수호신인 십자가상
을 훔쳐 갔답니다.

오이도라　여보세요. 저는 내 남편도 당신처럼 신적인
피를 갖고 있다는 걸 알고 있어요. 그런데
내 남편은 자기 집에서 하인이 되어 버렸고, 위
대하신 그분은 그에 대한 보답으로
남의 아내인 나를 목가적인 백조라 여기고,
내 침대를 뛰어 돌아다니는 잔디라 생각했답니

다.

은둔자 그 점을 봐도 그를 알겠소.

오이도라   저는 그를 경멸하며 쫓아냈지요. 그랬더니
그는 그 불쌍한 계집 프시케에게 더 꼭 달라붙어
버렸지요. 내게 반항하기 위해서죠! 그리고 그때
부터 저는 당신을 풀어줄 생각만 하고 있답니다.

은둔자 그들은 오늘 제물을 준비할 겁니다.

오이도라 우리는 닥쳐올 위험에 대비해야 해요.
저는 아직 절대로 포기하지 않아요.
그 무례하고 우쭐대는 바보에게
제가 화해의 눈빛을 보내겠어요.

은둔자 그런 다음엔?

오이도라   그들이 당신을 죽이기 위해 데려갈 때
저는 그를 성전 안으로 유혹할 것입니다.
고매하고 우아한 모습으로 말이지요.
그러고는 우리에게 나타나는
군중에게 달려들겠어요.

은둔자   난 두려운데요. ―

오이도라   겁내지 마세요.
목숨을 걸고 싸우는 사람은 힘이 있습니다.
제가 감행할 테니 당신은 말씀이나 해주세요.
(퇴장)

은둔자 성사가 안 되면, 그들이 나를 죽여도 좋다.

신전

(사티로스는 진지하게, 맹수처럼 제단 위에 앉아 있다.
군중이 그의 앞에 무릎을 꿇고 있다. 프시케는 맨 앞에
앉아 있다.)

군중. 합창단.   하늘의 신이여, 신들의 아들이여.
노하지 마소서!
당신을 모독하는 자들에겐
당신의 노여움을 보이시고,
저희들에겐 자비로운 모습을 보여주소서!
모독자가 그런 범죄를 저질렀을 때,
당신은 내려다보시기만 하면
보복할 수 있습니다!
그에 대한 무서운 심판이 가까워 옵니다.
(헤르메스와 그 일당이 포박한 은둔자를 끌고 그를 따라
온다.)

군 중   이 죄인에게 지옥과 죽음의 형벌을 내리소서!
하늘의 신이여, 신들의 아들이여,
당신의 자식들에게는 노하지 마소서!

사티로스   (제단에서 내려오면서) 난 이미 그의 죄를 용서
했노라!
그자를 정의의 여신에게 위임하겠다.
너희가 그 멍청한 인간을 죽이든지,

　　　　석방시키든지 마음대로 하라.

　　　　나는 거기에 관여하지 않을 테니!

군 중　　오, 관대하신 분이시여!

　　　　그자는 피를 흘려야 합니다!

사티로스　　나는 성전으로 들어가겠노라.

　　　　그러니 감히 나를 따라오는 자는,

　　　　죽음을 면치 못할 것이니라!

은둔자　　(혼잣말로) 슬프도다!

　　　　신들이여, 나를 도우소서!

　　　　(사티로스 퇴장)

은둔자　　나의 생명은 당신들의 손 안에 있소.

　　　　죽을 각오는 이미 되어 있소.

　　　　난 이미 여러 날 전부터

　　　　제때에 먹지 못하고 그저 이렇게

　　　　목숨만 부지해 왔소.

　　　　하지만 할 수 없지! 눈물 가득 고인

　　　　친구의 눈빛도, 사랑하는 아내의 고통도,

　　　　돌봐줄 이 없는 자식들의 가련함도

　　　　나를 잡아두진 못할 테니.

　　　　내 집은 내가 죽은 후에 무너질 테지.

　　　　오로지 내 삶의 욕구에 따라서만 지어진 내 집,

　　　　하지만 나를 고통스럽게 하는 것은 오직,

　　　　내가 힘들여 연구한 자연에 대한 깊은 지식이

　　　　유감스럽게도 이제 다

못 쓰게 되어버렸다는 것이오.
인간을 연구한 그 높은 학문과,
많은 신비한 힘이,
이 영혼과 함께
지상에서 사라져야 한다는 것이오.

군중 속의 한 사람 나는 이 사람을 알고 있소.
이 사람은 기술이 많은 사람입니다.

다른 사람 무슨 기술이란 말이오!
우리의 신은 그 모든 것을 알고 있소.

또 다른 사람 그가 자기 기술을 전수할지 여부는 다른
문제요.

은둔자 여러분은 지금 백 명 이상이 모여 있소.
이백, 삼백 명이라 해도, 나는 각 사람에게
알맞는 기술을 가르치려 했소,
각자에게 한 가지 기술을 말이오.
모두가 아는 것은 기술이 아니니까 말이오.

군 중 이자는 우리를 감언이설로 유혹하려 하는군.
집어쳐라! 집어쳐!

은둔자 한 마디만 더 합시다!
당신에게 한 가지 비결을 털어놓게 해주시오.
항상 당신을 행복하게 해줄 비결 말이오.

헤르메스 그게 무언데?

은둔자 (낮은 소리로) 현인들의 요술 돌멩이만큼
가치가 있는 것이죠.

군중 속에서 한 걸음만 나와 이리로 오시오.
(그들은 그에게 가려 한다.)
군 중   그자는 뻔뻔스런 인간이오, 한 발짝도
그에게 가지 마시오!
프시케   그가 성전으로 들어가려나 봐요! 헤르메스,
당신도 함께 가는 거예요?
신의 명령을 잊으셨나요?
군 중   어서! 어서! 저 죄인을 죽이자!
(그들은 은둔자를 제단에 쓰러뜨린다. 한 사람이 헤르메
스에게 칼을 건네준다.)
오이도라   (안에서) 사람 살려요! 사람 살려!
군 중   누구의 목소리지?
헤르메스   그건 내 아내요.
은둔자   여러분, 분노를 참으시오,
잠시만!
오이도라   (안에서) 사람 살려요, 헤르메스! 사람 살려!
헤르메스   내 아내다! 세상에, 내 아내가!
(그는 신전의 문을 박차고 들어간다. 오이도라가 사티로
스의 포옹에 완강히 반항하고 있는 것이 보인다.)
헤르메스   어찌 이럴 수가 있소!
(사티로스는 오이도라를 놓아준다.)
오이도라   보시오, 여기 이런 인간이 당신들의 신이오!
군중   짐승이군! 짐승이야!
사티로스   이 악한들아, 나를 조롱하지 마라!

나는 바보 같은 당신들에게 경의를 표한 것뿐이
니.
내 아버지 제우스가 나보다 먼저 했던 것처럼,
바보 같은 당신들을 교화하려 했고,
당신들이 거들떠보지도 않는 당신 마누라들의
성욕을 충족시켜 주려 한 것이었소.
자! 그럼 이제 행복을 잊고
불행 속에서 살아보시오.
나는 당신들에게서 손을 떼고,
다른 고귀한 인간들을 찾아보겠소.

헤르메스   가시오! 우린 당신 같은 인간을 원치 않소.
(사티로스 퇴장)

은둔자   틀림없이 처녀 하나가 그를 따라갈 것이오.

신들과 영웅들과 뷔일란트

익살극

(메르쿠어가 두 망령과 함께 코치투스강1) 기슭에
서 있다.)

메르쿠어   카론! 여보게, 카론! 이쪽으로 건너오게.
빨리! 여기 이 사람들이 몹시 불평하고 있어.
풀밭 이슬에 발이 젖어
감기 들겠다고 말야.

카 론   소심한 사람들이군! 어디서 온 사람들인데 그
래? 어쨌든 그 사람들 족보 있는 사람들인가 본
데. 그런 사람들은 어떻게든 살 수 있지.

메르쿠어   저 위에서는 그 반대로 말하지. 하긴 그래도
이 두 사람은 저 위에서 명망이 좀 있었어. 여기
이 작가 선생은 가발과 책만 더 있으면 되고, 저
기 서 있는 독한 여편네는 화장품과 금화만 있으
면 되지. 저 아래 세상은 요즘 어떤가?

카 론   조심하슈. 당신이 건너가면 그들이 당신을 불
구대천의 원수로 생각하고 있을 테니.

메르쿠어   어째서?

카 론   아드메트와 알케스테가 당신을 나쁘게 평하고
있어요. 에우리피데스가 제일 지독하게 평하죠.
그리고 헤라클레스는 열에 들떠 당신을 구제불능
성 멍청이라고 했다우.

---

1) 코치투스강 : 지하세계에 있는 고통의 강.

메르쿠어 무슨 소린지 도대체 이해가 안 되는군!

카 론 나도 모르겠수. 당신 요즘 독일에서
　　　뷔일란트란 사람과 관계한다는 소문이 있던데?

메르쿠어 난 그런 사람 모르는데?

카 론 그게 나와 무슨 상관이겠소? 아무튼 그들은
　　　몹시 화가 나 있어요.

메르쿠어 배나 탑시다. 건너가서 무슨 일인지 알아봐야
　　　겠어.

　　　(그들은 강을 건너간다.)

에우리피데스 이봐요 당신, 우리들 착한 옛 친구들과
　　　당신 형제들과 아이들에게 그렇게 하면 못 써요.
　　　저 위의 아이들이 우리의 유구한 역사에 대해 품
　　　고 있는 경외심과 약간의 명성 이외에 우리에게
　　　더 남은 것이 무엇이란 말이오. 그런데도 당신은
　　　몸 속에 한 줄기 그리스의 피도 갖지 않은 녀석
　　　들과 어울리고 우리를 야유하고 혹독하게 취급하
　　　다니!

메르쿠어 맙소사, 무슨 소린지 모르겠소!

작 가 혹시 독일의 메르쿠어에 관한 얘기 아니오?

에우리피데스 당신들 독일에서 왔소? 그렇담 그걸
　　　인정하는군요?

작 가 예, 신의 사자인 메르쿠어가 아리스타르코스[2])

---

2) 아리스타르코스 Aristarch: 기원전 2세기 알렉산드리아의 유명한
　　문법학자. 뷔일란트는 "독일의 아리스타르크"(=문헌학자들)에 대해

와 아오이덴3)의 황금빛 책을 전파하고 있다고
지금 독일 전체가 기쁨과 희망에 차 있습니다.

에우리피데스   그것 봐요. 난 그 책에서 혹독하게
비판받고 있단 말이오.

작 가   그건 그렇지 않아요. 뷔일란트 씨는 당신에 이
어 감히 알케스테를 쓸 수 있다는 사실과, 또 그
가 당신의 결점을 피하고 더 큰 아름다움을 느끼
게 했다면, 그것은 당신 시대의 사람들과 그 시
대 사상에 그 책임이 있다는 사실을 보여주고 있
을 뿐이오.

에우리피데스   결점이라구? 책임이라구? 그 시대라구?
원 세상에! 우리가 한 것은 어떻게 된 것인가!
메르쿠어, 당신은 그런 것을 전파하고 다니는 거
예요!

메르쿠리우스   난 모르겠소.

알케스테   당신은 사악한 사람들과 어울리고 있어요.
난 그런 사람들은 개량하지 않을 거야, 쳇!

아드메트   메르쿠어, 당신이 그럴 줄은 몰랐소.

메르쿠어   똑똑히 얘기해 봐요. 그렇지 않으면 난 가겠
소. 난 미친 사람들과는 상대 안 해요!

『알케스테에 관한 다섯 번째 편지』에서 언급했다. 메르쿠어가 독일
문헌학자들의 편지를 시인들의 편지와 함께 대중에게 전달할 거라
는 것이다.
3) 아오이덴Aoiden: 가수, 시인.

알케스테 놀라신 모양이군요? 그럼 들어봐요.

얼마 전에 나와 내 남편이 코취강 맞은편에 있는 숲 속에 갔었는데, 알다시피 그곳은 꿈의 형상들이 살아 있는 듯 나타나고 그 목소리가 들리는 곳이지요. 우리는 얼마간 그 환상적인 형상들을 즐기고 있었지요. 그런데 갑자기 내 이름을 신경질적으로 부르는 소리가 들리지 않겠어요?

그래 몸을 돌려보았더니, 보잘것없고 점잔빼는, 깡마르고 창백한 꼭두각시 같은 두 사람이 나타나더군요. 그들은 서로를 알케스테, 아드메트라 부르며 함께 죽으려 했어요. 그들의 목소리는 마치 새소리 같았는데, 결국 슬프게 까옥까옥하며 사라지더군요.

아드메트 그건 보기에 우스꽝스러웠어요. 우리는 그걸 이해하지 못했지요. 바로 얼마 전에 한 젊은 대학생이 내려와, 뵈일란트라는 작가가 오이리피데스이기나 한 것처럼, 청하지도 않았는데 우리를 자기 민족에게 악선전하고 다니는 영광을 베풀었다는 대단한 소식을 가져오기 전까지는 말예요. 그 대학생은 그 작품을 처음부터 끝까지 외웠어요. 하지만 에우리피데스말고는 아무도 그것을 귀담아듣지 않았지요. 그는 호기심이 있었고, 그 작품의 저자로서 충분히 그럴 만했지요.

에우리피데스 그래요. 그런데 가장 불쾌한 것은,

당신이 전파하고 다니는 그 보잘 것 없는 책 속
에서 뷔일란트란 작가가 자기의 알케스테를 나의
것보다 극구 칭찬하면서 나를 헐뜯고 조롱했다는
거요.

메르쿠어   그 뷔일란트란 작가가 누군데?

작 가   바이마르의 궁중고문관 겸 가정교사랍니다.

메르쿠어   그가 가니메트의 가정교사라면 이리 오라고
하지. 지금은 바로 잘 시간이니, 나의 지팡이로
쉽게 그의 영혼을 데려올 수 있어.

작 가   이 기회에 그렇게 훌륭한 분을
알게 되어 기쁩니다.

(나이트캡을 쓴 뷔일란트의 망령이 등장한다.)

뷔일란트   이봐요, 야코비! 우리를 가만히 내버려 둬
요.

알케스테   꿈속에서 말하고 있군!

에우리피데스   이자가 어떤 사람들과 상대하는지 알겠
어.

메르쿠어   정신차리시오! 여기선 야코비 문제가 아니
오. 메르쿠어에 관해 얘기하면 어떻겠소? 당신의
메르쿠어 말예요. 독일의 메르쿠어 말입니다.

뷔일란트   (슬퍼하며) 당신이 내 것을 베꼈소.

메르쿠어   그럼 어때요. 자, 주위를 좀 돌아보시오.

뷔일란트   내가 어디 있는 거지? 꿈이 나를 어디로 끌
고 가는 거지?

알케스테   나는 알케스테랍니다.

아드메트   그리고 나는 아드메트요.

에우리피데스   당신은 나를 알고 있겠지요.

메르쿠어   어떻게 알겠소? - 이분은 에우리피데스이고
나는 메르쿠어요. 왜 그렇게 놀라서 서 있는거
요?

뷔일란트   이게 꿈인가? 꼭 깨어 있는 것같이 느껴지는
데. 하지만 나의 상상력으론 한번도 이런 형상들
을 불러낸 적이 없는데. 당신이 알케스테라고요?
이렇게 허리가 뚱뚱한 여자가! 용서하세요. 난
뭐라고 말해야 할지 모르겠습니다.

메르쿠어   원래 묻고 싶은 것은 당신은 왜 내 이름을
허락도 없이 사용하고, 이 정직한 사람들을 모두
그렇게 나쁘게 취급했느냐는 것이오.

뷔일란트   난 아무것도 몰라요! 당신에 관한 문제는.
우리에게 당신 이름을 존중해야 할 의무가 전혀
없다는 것을 당신도 아시리라 생각합니다. 우리
의 종교는 그것 이외의 어떤 진리나 위대함, 선,
미를 인정하고 숭배하는 것을 금지합니다. 그러
니 당신들의 이름은 당신들의 입상(立像)처럼 부
서졌고 내 팽개쳐져 있는 셈입니다. 당신에게 분
명히 말하지만 내가 그때, 신화학자들이 우리에
게 알려주는 바로 그 그리스의 헤르메스를 염두
에 둔 적은 한번도 없어요. 전혀 그런 생각 없이

그 이름을 쓴 것입니다. 작품집이라든가 시선집 같은 보통 낱말을 쓰듯 말입니다.

메르쿠어 어쨌든 그건 내 이름이오!

뷔일란트 당신은 머리와 발에 날개를 달고 손에는 뱀 머리 장식 지팡이를 잡고 고리짝과 큰 통에 앉아 있는 당신의 형상이 담배상자 위를 왔다갔다하는 것을 한 번도 못 보았어요?

메르쿠어 그런 말은 들어도 괜찮소. 용서하지요. 그러 니 당신네들은 앞으로는 나를 괴롭히지 말고 놔 두시오. 내가 알기론, 지난번 무도회에서 한 점잖 은 신사가 바지와 조끼 위에다 또 살빛 재킷을 걸치고 머리와 발바닥엔 날개를 달아 자신의 괴 물 같은 모습을 메르쿠어처럼 보이게 하려 했다 오.

뷔일란트 그게 그렇다니까요. 우리 잡지를 장정하는 사람이 플로렌츠에 서 있는 당신의 조각상에 별 로 관심없는 것처럼 나도 그래요.

메르쿠어 잘 가시오! 당신은 제우스의 아들이 어중이 떠중이들과 어울릴 만큼 아직 그렇게 망하지는 않았다는 것을 알았을 테니. (퇴장)

뷔일란트 그럼, 나도 이만 물러가겠습니다.

에우리피데스 아직 가지 마시오. 가기 전에 함께 한 잔해야지요!

뷔일란트 당신이 에우리피데스이군요. 나는 당신에 대

한 경의를 공개적으로 표한 적이 있답니다.

에우리피데스 무한한 영광이군요! 문제는 당신의 작품
이 얼마나 훌륭하길래, 당신이 나의 작품의 나쁜
점에 대해 말할 권리가 있느냐 하는 것입니다.
모욕당한 경쟁자인 내가 그것을 읽으며 거의 잠
이 들어버릴 정도로 평범한 희곡을 사람들에게
소개하기 위해서 - 그래도 여기까진 용서할 수
있겠지요. - 게다가 훌륭한 에우리피데스를 당신
보다 못한 부상당한 전우로 묘사하기 위해 다섯
통의 서한을 쓸 권리가 있는지 말입니다.

아드메트 당신에게 솔직히 말하겠는 데. 에우리피데스
도 시인입니다. 나는 늘 시인들을 별로 대수롭지
않은 존재로 생각해 왔지요. 하지만 그는 착한
사람이고 또 우리 고향사람입니다. 당신은, 그리
스가 페르시아의 왕 크세르크세스를 무찔렀을 때
태어나 소크라테스의 친구였으며, 그의 작품이
그 시대의 사람들에게 분명 당신으로서는 하기
어려운, 영향을 끼친 이 사람이 당신보다 먼저
알케스테와 아드메트의 형상을 창조할 수 있었다
는 사실을 인정하는 데 주저할 것입니다. 하지만
이 사실은 얼마간의 경외심을 얻기에 충분한 것
입니다. 지나치게 현명한 당신 세대의 모든 문필
가들이 얻을 수 없는 그런 경외심 말입니다.

에우리피데스 당신의 작품이 내 작품이 한 만큼 그렇

게 많은 사람들의 생명을 구한 적이 있다면[4], 당
신도 할 말이 있겠지요.

뷔일란트   에우리피데스, 나의 독자는 당신의 독자와는
다릅니다.

에우리피데스   그게 문제가 아니오.

당신이 피했다는 나의 결점과 부족함에 대해 얘
기하고 있는 것이오.

알케스테   여자로서 한 말씀 해도 된다면 부담없이 당
신에게 말씀드리죠. 당신 작품의 알케스테는 좋
은 여자여서 당신의 독자들을 즐겁게 했을 것이
고 또 자극시켰을지 모릅니다. 그것을 당신은 감
동이라 하는 거죠. 저는 그 점을 무시했어요. 조
율이 잘못된 악기를 무시하듯 말입니다. 에우리
피데스의 알케스테를 나는 끝까지 다 듣고 가끔
은 즐거워하기도 하고, 또 웃어넘기기도 했지요.

뷔일란드   고귀하신 부인!

알케스테   여기서 고귀하신 부인이란 말은 아무 의미가
없다는 걸 아실 텐데요. 나는 에우리피데스가 우
리 이야기를 묘사하면서 당신보다 훨씬 행복했었
다는 것을 당신이 느낄 수 있길 바랬습니다.

나는 남편을 위해서 죽었습니다. 어떻게 어디서

---

4) 플루타크(Nikias, Kap. 29)에 의하면 시실리아의 승자에게 잡힌
아테네 사람들은 에우리피데스의 시구를 낭송하면 다시 자유를 얻
었다고 한다.

죽었는지가 중요한 게 아닙니다. 문제는 당신의 알케스테와 에우리피데스의 알케스테입니다.

뷔일란트 당신은 내가 그 이야기 전체를 좀더 세련되게 다루었다는 것을 부인할 수 있습니까?

알케스테 그건 무슨 뜻인가요? 하지만 어쨌든 에우리피데스는 자기가 왜 알케스테란 제목의 희곡을 쓰는지 알고 있었어요. 당신은 그 점을 모르고 썼어요. 마찬가지로 당신은 내가 남편에게 바쳤던 희생의 위대함을 표현할 수 없었어요.

뷔일란트 무슨 뜻으로 그런 말을 하는 겁니까?

에우리피데스 알케스테, 내가 말하지! 이것 보시오. 이런 점들이 내 결점이오. 모든 지고의 행복을 누리는 가운데 죽어가는 젊은 피어나는 왕, 훌륭한 왕, 탁월한 왕을 잃어버린다는 절망감에 빠져 있는 그의 집과 국민들, 그리고 그러한 애통함이 아폴로를 감동시켜 운명의 여신들에게 누군가가 대신 죽을 것을 요구하고. 그런데 이제 - 모두가 - 부모와 친구들과 국민들 모두가 침묵하고 그는 바짝 말라 거의 죽어가고 있지요. 두리번거리며 자기를 위해 기꺼이 죽을 사람을 찾으면서 도처에 침묵이 도사리고 있을 때, 알케스테가 나타났습니다. 그녀는 아름다움과 힘을 남편을 위해 희생하고 절망적인 망자들이 있는 곳으로 내려가기 위해 나타나는 유일한 여자지요.

뷔일란트   내 작품에도 그 모든 내용이 있습니다.

에우리피테스   절대 그렇지 않아요. 당신 작품의 인물
들은 우선 모두 좋은 가문 출신입니다. 우리의
폐허 위에 자리잡은 당신 같은 시인들이 어디서
나온 것인지 알 수 없는, 인간의 존엄성을 그 가
문에 유산으로 주었지요. 그들은 달걀처럼 서로
닮았습니다. 그리고 당신은 그들을 휘저어 섞어
무의미한 죽으로 만들어 버렸지요. 거기엔 남편
을 위해 죽으려는 아내가 있고, 아내를 위해 죽
으려는 남편도 있고, 또 그들 두 사람을 위해 죽
으려는 영웅도 있습니다. 그래서 지루함을 없애
려고 겨우 한 것이라고는 나뭇가지에 뿔이 걸린
숫양5)처럼 미리부터 거기 있던 인물을 조금 바
꿔 별로 새로울 것도 없는 인물, 파르테니아를
고안해 낸 것에 불과합니다.

뷔일란트   당신은 나와 다르게 생각하시는군요.

알케스테   그렇겠지요. 그렇담 얘기해 보세요. 남편이
자신의 생명 보다 아내를 더 사랑한다면 알케스
테의 행동은 무슨 의미가 있었을까요? 당신의 아
드메트처럼 자신의 온갖 행복을 자기 아내에게서
느끼는 인간은 아내의 그런 행동으로 인해 갑절
이나 비참한 죽음의 나락으로 떨어질 것입니다.

---

5) 모세 오경 중 창세기 22장 13절 참조.

필레몬과 바우키스는 함께 죽었고, 당신네 시인
들 가운데서 그래도 항상 인간적인 클롭슈톡은
애인들을 〔누가 먼저 죽나〕 경쟁시킵니다. - 그
는 "다프니스여, 난 마지막에 죽겠소"라고 썼답
니다. 그러니까 아드메트는 기꺼이, 아주 기꺼이
살아야 했지요. 그렇지 않다면 나는 뭐란 말이에
요? 희극배우란 말인가요? - 어린아이인가요? -
글쎄요, 당신 좋을 대로 내 형상을 만들어 보시
지요.

아드메트   죽으려 하지 않는다는 이유로 당신이 그렇게
싫어하는 아드메트도 당신 좋을 대로 만들어보시
지요. 당신은 죽어 본 경험이 없습니까? 혹은 언
젠가 아주 행복한 적이 있었나요? 당신은 기아에
시달리면서도 마치 관대한 사람처럼 말하시는군
요.

뷔일란트   비겁한 자들만이 죽음을 두려워합니다.

아드메트   비겁한 자들이 두려워하는 것은 장렬한 죽음
이겠지요. 그러나 누구나 보통 죽음을 두려워합
니다. 영웅조차도요. 그게 자연의 이치죠. 당신은
내가 아내를 적에게서 구해 내고, 내 재산을 보
호하는 데 내 목숨을 아끼리라 생각하십니까? 하
지만 -

뷔일란트   당신들은 다른 세상에서 온 사람들처럼 말씀
하시는군요. 말은 듣는데 그 뜻을 이해할 수 없

는 그런 언어로 말하고 있군요.

아드메트   우리는 그리스어로 말하는 겁니다. 그게 당신에겐 그렇게 이해하기 어렵습니까?

아드메트는 –

에우리피데스   당신은 뷔일란트가 모든 수종 환자들, 쇠약자들, 목과 다리에 심한 부상을 입은 사람들에게 사람이 죽으면 심장은 더 충만해지고, 영혼은 더 힘차게 되며, 뼈는 더 단단해진다고 타이르려 하는 그런 유형의 인간이라는 사실을 염두에 두지 않고 있군요. 뷔일란트는 그걸 믿는 겁니다.

아드메트   그는 그저 그렇게 믿는 척할 뿐이죠. 아니, 뷔일란트, 당신은 에우리피데스의 아드메트와 공감할 정도로 아직은 그래도 인간적 이군요.

알케스테   정신차려요. 그 점에 관해서는

당신 아내에게 물어보셔야죠.

아드메트   젊고 행복하고, 만족해하는 왕, 자기 아버지에게서 제국과 유산과 가축과 재산을 받고 만족에 겨워 집안에 앉아 즐기고 모든 것을 갖고 있어서 자기와 함께 즐길 사람들 외에는 아무것도 더 필요한 것이 없어, 그들을 자연스럽게 찾아내어 그들에게 온갖 선물을 나누어주고 왕이 그들 모두를 사랑하니, 그들도 왕을 사랑하고, 신들과 인간들을 자신의 친구로 삼았으며, 자기 집에서

너무 행복하여 하늘의 신을 잊어버린 왕 - 그가
영원히 살기를 바라서는 안 된단 말입니까! 그
리고 그에게도 부인이 있었지요.

알케스테   당신에게도 부인이 있을 텐데 당신은 그걸
이해하지 못하는군요. 나는 저기 까만 눈동자의
젊은 처녀에게 사랑에 대해 이야기하렵니다. 아
름다운 젊은 아가씨, 한 마디 들어보겠어요?

처 녀   말씀하세요.

알케스테   아가씬 애인이 있었지요?

처 녀   네, 그래요.

알케스테   그런데 아가씬 진심으로 그를 사랑했지요?
그래서 가끔 그를 위해 죽고자 하는 사명감을 느
꼈었지요?

처 녀   아! 저는 그이 때문에 죽었답니다. 적의에 찬
운명이 우리를 갈라놓았지요. 저는 그 운명을 오
래 견뎌내지를 못했어요.

알케스테   뷔일란트, 이 처녀가 바로 당신이 묘사하는
알케스테입니다. 사랑스런 아가씨, 그럼 내게 말
해 줘요. 아가씨의 부모는 서로 다정하게 사랑했
지요?

처 녀   우리들만큼은 사랑하지 않았어요. 하지만 저의
부모님은 서로 진심으로 존경했답니다.

알케스테   만약 아가씨 어머니가 위독해서 아가씨 아버
지가 어머니를 위해 자기 생명을 바쳤다고 한다

면 어머니는 그 희생을 감사히 받아들였을 거라
고 생각해요?

처 녀   틀림없이 그랬을 거예요.

알케스테   그러니 뷔일란트, 경우를 바꾸어도 마찬가지
예요. 이것이 바로 에우리피데스의 알케스테랍니
다.

아드메트   그렇다면 당신의 알케스테는 어린애들을 위
한 것이고, 에우리피데스의 알케스테는 이미 한
두 명의 아내를 장사지낸 적이 있는 인생을 아는
사람들을 위한 것입니다. 지금 당신이 당신의 관
객과 공감하는 것도 당연한 일이지요.

뷔일란트   나를 가만히 내버려 두시오. 당신들은 나와
는 공통점이 하나도 없는 모순투성이에다 몰상식
한 사람들이오.

에우리피데스   그러지 말고 내 말 몇 마디 좀더 들어보
시지.

뷔일란트   간단히 말하시오.

에우리피데스   난 지금 다섯 통의 서한을 쓰고 있지 않
지만 소재는 갖고 있지. 당신이 무척이나 자랑스
럽게 생각하는 것, 즉 그렇게 구경할 만한 희곡
을 쓴다는 것은 재능이긴 하지. 하지만 그것은
아주 보잘 것 없는 재능이야.

뷔일란트   당신은 그것이 얼마나 힘든 작업인지 모르시
는군요.

에우리피데스 자네는 그것에 관해 실컷 떠들어대지 않
았나! 자세히 살펴보면 사실 모든 것은 관습과
연극적인 관례와 점차 조금씩 생겨난 규칙들에
따라 자연과 진리를 오려서 뜯어 붙이는 능력에
지나지 않는 것이라고 말야.

뷔일란트 당신은 그 점에 있어서 나를 설득시킬 수 없
을 것이오.

에우리피데스 그러니 자네 같은 사람들 가운데서나 명
성을 누리고, 우리는 가만히 내버려 두시지.

아드메트 에우리피데스, 침착하시지요. 그가 당신을 비
웃는 대목들은 오점투성이여서 그것 때문에 오히
려 옷이 더렵혀질 지경입니다. 그가 현명하다면,
그리고 그 대목과 셰익스피어에 대한 주석을 무
슨 수를 써서라도 번복할 수 있다면 그렇게 하겠
지요. 그는 현명하지 못하여 - 나는 에우리피데
스와 셰익스피어에게서 아무런 감동도 받지 못했
소 - 라고 고백하고 있으니 말입니다.

에우리피데스 그는 내 작품의 서막, 그 걸작을 읽고
아무런 느낌을 갖지 못했지요. 내 작품을 걸작이
라 말해도 되겠지요. 당신도 당신 작품을 걸작이
라 하니 말이요. 당신은 내 작품 속의 손님을 맞
을 준비가 되어 있는 아드메트의 궁전에 들어섰
을 때 아무것도 느끼지 못했습니까?

알케스테 당신이 듣다시피, 그는 손님을 후대한다는

의미를 몰라요.

에우리피데스 그 집의 문턱에서 당신은 그 집의 다정
한 신이며, 아드메트에 대한 사랑으로 가득 차
그를 죽음에서 구해 내고, - 아, 슬프도다! - 그
의 지극히 착한 아내가 그를 위하여 목숨을 바친
것을 보고 있는 아폴로와 만납니다. 아폴로는 더
이상 어찌할 수 없어 죽은 사람들과 함께 있음으
로 해서 자기의 순수성을 더럽히지 않으려고 슬
픈 마음으로 떠나갑니다. 그때 검은 베일을 쓰고
손에 음흉한 힘을 자랑하는, 칼을 든 죽음의 여
왕이 염라대왕에게로 가는 길을 안내하려고 가혹
한 운명으로 들어와, 착한 아폴로 신을 질책하고
벌써 알케스티스를 데려가려 합니다. 그래서 아
폴로는 그 집과 우리 곁을 떠나고 우리는 합창단
과 함께 쓸쓸하게 탄식하는 것입니다. - 아! 약
초와 모든 진통제를 알고 있는 아폴로의 아들 아
스클레피오스가 아직 살아 있다면 그녀는 구제될
수 있을 텐데. 그는 죽은 사람을 깨웠으니까! 하
지만 그는 제우스의 벼락을 맞아 죽었지. 제우스
는 자기의 가차없는 신의 의지로 영원히 잠재운
사람들을 아스클레피오스가 다시 깨우는 것을 참
지 못했으니까.

알케스테 조상들로부터, 전능한 죽음을 극복하는 힘을
가진, 기적을 행하는 사람에 대해서 전해 들은

사람들을 생각해 내고 당신은 황홀해하지 않던가
요? 자기 동포를 구할 수 있는 반신(半神) 같은
존재가 그런 사람 가운데서 나온다면! 이러한 소
원, 희망, 믿음 같은 것이 당신에게 떠오르지 않
았던가요?

에우리피데스 헤라클레스가 나타나 그녀가 죽었다, 죽
었어!, 하고 소리치자, 네가 그녀를 데려갔지!
검은 베일을 쓴 무서운 저승사자인 네가 무엇이
든지 다 먹어치우는 그 칼로 그녀의 머리를 베었
지! 나는 제우스의 아들이며 죽음보다 더 강하
다. 네가 죽임당한 희생자들의 피를 마시는 무덤
가에서 너를 기다려, 너 죽음의 여신을 아무도
풀 수 없는 내 팔로 잡아두리라. 그러니 아드메
트의 사랑하는 아내를 살려 다시 내게 데려오라!
그렇지 않으면 나는 제우스의 아들이 아니다.

헤라클레스 (등장한다.) 제우스의 아들에 관해서 무슨
얘기들을 하는 거요? 내가 제우스의 아들이오.

아드메트 우리가 곤히 주무시는 당신을 방해했습니
까?

헤라클레스 왜 그렇게 시끄럽소?

알케스테 참, 저기 뷔일란트가 있어요.

헤라클레스 그래, 어디 있지?

아드메트 저기 서 있습니다.

헤라클레스 저 사람이군. 음, 저 사람 꽤 작구먼.

작을 거라고 생각하긴 했지만. 당신이 바로 헤라
클레스 얘기를 끊임없이 하고 다니는 그 사람이
오?

뷔일란트 거인이여! 난 당신과 아무런 관계도 없습니
다.

헤라클레스 내가 당신 작품 속에선 난쟁이로 나왔지?

뷔일란트 내 작품의 헤라클레스는 잘생긴 중간 키의
남자로 등장합니다.

헤라클레스 중키라니! 내가!

뷔일란트 당신이 그 헤라클레스라면, 내가 말하는 사
람은 당신이 아닙니다.

헤라클레스 그건 내 이름이야. 난 내 이름에 긍지를
갖고 있단 말이야. 약한 사람이 곰이나 괴수, 돼
지를 만나 방패가 없을 때는 헤라클레스를 방패
로 삼지. 그러니 나의 신성이 자네에겐 한 번도
꿈속에 나타난 적이 없는 모양이지.

뷔일란트 고백하건대 그것은 내가 꾼 첫 번째 꿈입니
다.

헤라클레스 그럼 호머를 비평한 것을 뉘우치고 신들에
게 용서를 구하시오. 호머에 의할 것 같으면 우
리는 자네에게 너무 큰 존재야. 너무 크다마다!

뷔일란트 정말 당신은 대단한 분입니다. 난 한번도 당
신을 그렇게 상상하지 않았습니다.

헤라클레스 당신이 그렇게 속좁은 생각을 하는 것은

내 책임이 아니지. 대체 당신이 그토록 자랑하는 당신의 헤라클레스는 누구지? 그리고 당신은 무엇을 하려는 거지? 미덕을 위해서라고! 이 표어는 무엇을 뜻하는 거지? 뷔일란트, 자네는 미덕이란 걸 본 적이 있나? 내가 세상을 돌아다녀도 봤지만 그런 것은 하나도 못 만났거든.

뷔일란트 나의 헤라클레스가 그것을 위해 모든 일을 하고, 그것을 위해 모든 것을 감행하는 그 미덕을 당신이 모른다고요?

헤라클레스 미덕이라! 나는 이곳 저승에서, 그게 무엇을 의미하는지도 설명하지 못하는 몇몇 고지식한 녀석들한테서 처음으로 그런 말을 들었지.

뷔일란트 그것을 설명하지 못하는 건 나도 마찬가지입니다. 그러니 거기에 관한 논쟁은 그만두죠. 당신이 내 시를 읽어봤음 좋겠는데. 내 시를 읽어보면 당신은 나 자신이 미덕을 별로 대수롭지 않게 생각한다는 것을 알 것입니다. 미덕이란 애매한 것이니까요.

헤라클레스 미덕이란 세상의 흐름과는 공존할 수 없는 모든 환상처럼 무의미한 것이지. 당신의 미덕이 내겐 반인반마(半人半馬)의 괴물처럼 여겨지는군. 그 괴물이 당신의 눈앞에서 뛰는 동안은 그것은 정말 근사하고 힘차 보이지. 그리고 조각가가 당신을 위해 그 괴물을 만든다면 그것은 초인

적인 모습이겠지! - 그러나 그 괴물을 해부하여
네 개의 허파, 두 개의 심장, 두 개의 위(胃)를
한 번 보라지. 그 괴물은 다른 기형아와 마찬가
지로 태어난 순간에 죽거나 아니면 당신의 머릿
속에서나 살 수 있을 거야.

뷔일란트 그래도 미덕이란 것은 분명 무슨 의미를 가
지고, 어디엔가 틀림없이 있을 것입니다.

헤라클레스 물론 그렇고말고. 누가 그걸 의심하겠나?
내 생각엔 미덕은 우리들, 신들과 영웅들에게 깃
들어 있는 것 같군. 자네는 무단정치 시대를 생
각하고는 우리가 짐승처럼 살았다고 생각하나?
우리들 가운데도 아주 점잖은 사람들이 있었다
네.

뷔일란트 어떤 사람을 점잖다고 말씀하시는 겁니까?

헤라클레스 자기가 가진 것을 나누어 갖는 사람을 말
하지. 그래서 가장 부자인 사람이 가장 점잖은
사람이지. 힘이 넘치는 사람은 다른 사람들을 호
되게 때렸고, 또 당당한 사람은 당연히 천한 사
람과는 절대 교제하지 않고 자기와 동등한 사람,
또 자기보다 훌륭한 사람과만 관계를 맺었지. 정
력이 넘치는 사람은 여자들이 원하는 대로, 또
여자들이 원치 않아도 많은 자식을 만들어 냈지.
나 자신이 하룻밤 새에 사내아이를 오십 명 만들
어 냈으니까. 어떤 사람에게 이 두 가지가 없으

면 하늘이 그에게 그걸 내려주었지. 어떤 사람에게는 이것들 말고도, 다른 수많은 사람들보다 훨씬 많은 재산을 주기도 하지. 그러면 그 사람은 자기 대문을 열어놓고 자기와 함께 즐길 많은 사람들을 맞이했다네. 저기 아드메트가 서 있군. 그는 이 작품에 나오는 사람들 가운데 가장 점잖은 사람이라고 할 수 있지.

뷔일란트 그 가운데 대부분은 우리 시대에는 악덕으로 간주되는 것입니다.

헤라클레스 악덕이라, 그거 한번 또 멋진 말이군. 그러니까 당신들에겐 모든 것이 둘로 나뉘어 있어서, 미덕과 악덕을 두 극단으로 생각하고, 이 두 극단 사이에서 갈피를 못 잡고 있는 것일세. 당신네들 농부와 하인들과 하녀들은 여전히 중간 상태를 긍정적인 것으로, 또 최선의 것으로 보고 있는데 당신들은 그렇게 생각하지 않으니 말이야.

뷔일란트 당신이 그런 의견을 내 시대에 큰 소리로 말한다면, 사람들은 당신을 돌로 쳐죽일 겁니다. 그들은 내가 미덕과 종교를 조금 공격했다는 이유로 나를 그다지도 이단시했으니까요.

헤라클레스 무슨 공격할 일이 그리도 많은가? 나는 말이나 식인종, 용과는 싸워 봤지만 구름과는 한번도 그래 본 적이 없어. 그런 것은 제멋대로 형상을 갖으려는 것들이지.

영리한 사람은 구름에 관한 일은 바람에게 맡기네. 바람은 구름을 불러모으기도 하고 다시 불어 사라지게도 하지.

뷔일란트   당신은 비인간적이오. 신을 모독하는 자요.

헤라클레스   그 말을 이해하지 못하겠나? 그러나 궤변가 프로디쿠스의 헤라클레스가 바로 자네 작품에 나오는 남자지. 교장선생의 헤라클레스, 기로에 서 있는 질비오6) 말이야. 이봐! 만일 내가 우연히 두 여자를 만나 양쪽 팔에 하나씩 끼었다면 둘 다 가버렸을 거야. 그 점에 있어서는 자네의 아마디스7)가 바보가 아니지. 난 그건 인정해.

뷔일란트   당신이 내가 무얼 얘기한 건지 안다면 당신은 또 다르게 생각할 것이오!

헤라클레스   잘 알고 있지. 자네가 그렇게 오랫동안 그런 자네의 도덕률에 얽매여 한숨이나 쉬고 있지만 않았더라면 자네에게서 뭔가 나올 수도 있었을 텐데. 그런데 지금도 자네는 여전히 그 시시한 이념을 벗어나지 못하고 있어. 자네는 반신(半神)이 술에 취해서, 신성을 지니고 있으면서

---

6) 질비오Sylbio는 뷔일란트의 첫 소설 《돈 질비오 폰 로잘바 Don Sylvio von Rosalva》(1764)의 주인공의 이름이다..

7) 아마디스Amadis: 뷔일란트의 《새로운 아마디스 Neuer Amadis》(1771)를 가리킨다.

도 주정을 부리는 것을 이해하지 못할 테지. 그
리고 자네가 한 녀석을 술 취하게 하거나 처녀의
잠자리로 데려가 놓고는 그를 비방한다는 것은
있을 수 없는 일이지. 고상한 자네가 그것을 용
납하지 않을 테니 말이야.

뷔일란트   난 이만 실례하겠소.

헤라클레스   깨어나고 싶은 모양이군. 한마디만 더 하
지. 한 처녀가 무심히 서너 명의 사내와 누워 그
들을 차례로 사랑하는 것에 대해 야단법석하면서
거기에 대해 잔뜩 대여섯 권의 책을 쓰는 사십
줄의 인간의 이성을 어떻게 생각해야 하겠소? 또
그것을 모욕적으로 생각하면서도 다시 유혹에 넘
어가는 그 녀석들을 어떻게 생각해야 되지? 난
도무지 이해가 안 되는걸.-

플루토   (안에서) 야! 이봐! 거기 밖이 왜 그리 시끄럽
지? 헤라클레스, 당신 소리는 어디서나 들리는구
만! 마누라 옆에 좀 조용히 누워 있을 수 없겠
소? 마누라가 순순히 들어줄 때 말이야.

헤라클레스   안녕히 계십시오, 고문관님!

뷔일란트   (깨어나면서) 그들은 자기들 멋대로 말하는군.
맘대로 얘기하라지. 그게 나와 무슨 상관이람.

클라우디네 폰 빌라 벨라

가극

일러두기:
- 등장인물의 이름은 외래어 표기법에 따르는 것을 원칙으로 한다.
- 본문에 사용한 독일어의 '폰(von)'은 스페인어로는 '데(de)'에 해당한다. 'Sybilla, Camilla'는 여기서는 독일어 발음대로 '시빌라, 카밀라'로 놓아두지만, 스페인어로는 '시비야 까미야'로 읽는 것이 맞다. 그밖에 주인공 'Claudine(클라우디네)'도 스페인어로는 'Claudina(끌라우디나)'로 불린다.

등장인물

돈 곤잘로 **빌라 벨라의 주인**
돈나 클라우디네 **그의 딸**
시빌라와 카밀라 **그의 두 조카딸**
돈 세바스티안 폰 로베로 **그의 친구**
돈 페드로 폰 카스텔베키오 **다른 지방 사람**
크루간티노. 바스코 **떠돌이꾼**

(음악과 함께 소란스러워져, 즐거운 말들을
나누는 소리가 나고, 사람들이 화려한 축제로
몰려든다.
잘 가꾸어진 정원이 보인다. 힘찬 행진곡이
연주되는 가운데 축제행렬이 다가온다.
맨 앞에는 꽃바구니와 화환을 든 꼬마들이 걸
어가고, 과일을 든 소년 소녀들이 그 뒤를 따
라간다. 그 뒤에는 노인들이 갖가지 선물을
들고 간다. 시빌라와 카밀라는 값비싼 장신구
와 옷을 들고 간다. 그 뒤에는 두 노인, 돈 곤
잘로와 돈 세바스티안이 가고, 이들 바로 뒤
에 네 청년이 짊어진, 꽃으로 장식된 가마를
탄 돈나 클라우디네의 모습이 보인다. 또다른
네 청년은 아래로 늘어진 화환을 들고 가는
데, 이 가운데 맨 앞 오른쪽에 있는 이가 돈
페드로이다. 행렬이 지나가는 동안 합창단이
노래한다.)

합 창　즐겁고
　　　복된
　　　멋진 날이여!
　　　그대는 우리에게 클라우디네를 주었네!
　　　그대는 이토록 행복한 모습으로
　　　우리에게 다시 나타났네!
　　　즐겁고
　　　복된
　　　멋진 날이여!
　　　(행렬이 양쪽으로 갈라진다. 가마꾼들은 한가운데 서 있
　　　고, 함께 온 사람들은 가지고 온 선물을 내려놓는다.)
한 어린아이　보세요, 모든 아이들이 왔어요.
　　　소년과 소녀들이 왔어요.
　　　오! 사랑스런 이여!
　　　그들이 와서
　　　리본과 화환을
　　　그대에게 매어드립니다.
합 창　진정으로 드리는
　　　이 선물을 받으세요.
한 처녀　늙은이도 젊은이도
　　　노래하며 옵니다.
　　　남자와 노인들이
　　　각기 나름대로
　　　저마다 능력껏

당신에게 선물을 가져왔습니다.

합 창　즐겁고

복된

멋진 날이여!

페드로　(클라우디네에게 꽃다발을 바친다.)

초원에서 꺾은

이 꽃으로

당신을 찬미해도 될는지요?

아, 이슬방울이 –

아직 채 이슬방울이

마르지도 않았답니다!

합 창　진정으로 드리는

이 선물을 받으세요!

곤잘로　(옷과 보석을 가리키면서)

애야, 이 선물들을

받아라.

(다른 사람들에게)

여러분들도 함께 기뻐해 주시오.

오늘은 함께

실컷

먹고 마십시다.

합 창　즐겁고

복된

멋진 날이여!

(가마꾼들이 가마를 내려놓다. 클라우디네가 가마에서 내린다.)

클라우디네 여러분이 나를 위해 베풀어 준
모든 것에,
내가 얼마나 즐겁고
행복한지를,
눈물과 침묵으로 나타낼 수밖에 없군요!

합 창 진정으로 드리는
이 선물을 받으세요!

클라우디네 (자기 아버지를 포옹하며) 저의 인생을
아버지께 드릴 수 있다면!
(다른 사람들에게)
여러분 모두에게
무한한 감사를 드립니다!
(수줍어하며 페드로에게 몸을 돌린다.)
당신께 –
(그녀는 말을 하다 만다. 음악이 잠시 멈춘다. 그녀는 당황함을 감추려 애쓰면서 가마에 올라앉는다. 가마꾼들이 가마를 들어올리고 합창단이 노래하기 시작한다.)

합 창 즐겁고
복된
멋진 날이여!
그대는 우리에게 클라우디네를 주었네!
그대는 이토록 행복한 모습으로

우리에게 나타났네!
즐겁고
복된
멋진 날이여.
(행렬이 노래부르며 퇴장한다.)
(곤잘로와 세바스티안은 남는다.)

곤잘로   여보게 바스티안, 이런다고 나를 나쁘게 생각
치 말게나! 저 아일 보게, 그러면 자넨 나를 이해
할 테지. 왜 내가 저 애를 작은 우상으로 만드는
지 말이야. 기회 있을 때마다 축제를 열면서도
난 충분치 않은 것 같은 생각이 드네. 그 아이에
대한 내 충심을 나타내기엔 말일세. 내게 대를
이을 사내아이를 주지 않고, 오랫동안 훌륭하게
이어져 온 빌라 벨라 가문의 혈통을 내 대(代)로
끊어지게 하고, 내게 이런 딸을 준 나의 운명에
대해 나는 얼마나 감사하고 있는지 몰라.
아, 내 딸의 가치는 수많은 자손에 대한 기대보
다도 더 나를 기쁘게 한다네.

세바스티안   자넬 나쁘게 생각하다니, 천만에. 실은 이
조그만 축제로 나는 정말 흥겹다네, 사실 난 의
식을 좋아하는 편은 아니지만, 그렇다고 거기에
적대적인 건 아니야. 화려하게 치장한 사람들의
축제행렬이나, 군중이 몰려들어 환호하고, 축제
의 종이 울리고 또 환호하고 축포를 쏘아댈 때면

늘 속이 시원해지니까. 그런 행동을 통해서 자기
들이 성인을 숭배하고 신까지 찬미한다고 생각하
면 말야, 그런 행동을 나쁘다고 할 수 없지.

곤잘로 　그런데 난 내 딸 클라우디네를 위해서 아무리
해줘도 모자라다는 생각이 들어. 그 애가 나의
모든 재산과 나의 하인들, 그리고 나 자신 위에
군림하는 여왕과 같은 존재라는 것을 무엇으로
다 표현할 수 있을까 - 그러니 그 애가 다른 사
람보다 더 특권을 갖고 있다는 것을 스스로 느끼
게 해주는 것이 내 도리가 아니겠나? 그 애 자신
이 그걸 느끼지 못하고 자기 같은 사람이 이 세
상에 없다는 것을 조금도 느끼고 있지 않는 것
같으니 말이야. 그 조용한 영혼, 그 애의 내적인
감정, 다른 사람의 운명에 대한 동정, 모든 아름
다움과 선함에 대한 민감성 - 그 애의 아비라고
내가 그 애에게서 나 자신을 비추어 본다고는 말
하지 말게. - 여보게, 모든 사람과 그 애를 둘러
싸고 있는 모든 것, 그리고 시샘 많은 조카딸들
까지도 모두 정성을 다해 그 애를 섬겨야 하지
않겠나?

세바스티안 　난 보는 눈도 감정도 없는 사람인 줄 아
나? 난 그 애를 아버지로서나 애인으로서 보는
건 물론 아니야. 하지만 그런 처녀의 아버지나
애인일 수 있는 것은 하늘이 내린 선물이란 것

정도는 알고 있네. 자넨 오늘 개선식과 화려한 행렬에, 그 모든 것에 대해 자네 딸이 기뻐하기 보다는 오히려 당황스러워하던 걸 눈치챘나? 나는 화려한 장식을 하고도 그렇게 감동적으로 겸허한 모습은 내 평생 처음이네. 조용한 숲 속에서 훨씬 더 환희를 느끼는 어떤 사람도 거기 함께 있었지. 그에게는 트럼펫이나 환희의 노랫소리보다는 시냇물 졸졸 흐르고 나뭇잎 살랑거리는데 대한 감정이 더 제격일 텐데 말이야.

곤잘로   누구 얘길 하는 건가?

세바스티안   페드로!

곤잘로   페드로?

세바스티안   자네가 그렇게 놀랄 일이 아닐 텐데. 클라우디네를 처음 보고 나서부터 정신 못 차리는 그 페드로 말이야. 그 애의 옆을 보았다가 손을 비비기도 하고 모자를 구깃구깃하기도 하며, 안절부절못하고 서 있는 걸 자넨 벌써 틀림없이 보았을 테지.

곤잘로   보기야 했지만, 그래도 -

세바스티안   좋아! 자네도 틀림없이 나처럼 생각하겠지, 이 녀석하고 내 딸하고 짝을 지으면 - 자네 웃는구먼?

곤잘로   우리 늙은이들은 금새 결혼을 생각하지.

세바스티안   나는 자나깨나 그 생각이야. 하지만 모든

　　　　건 무르익어야 돼. 그 동안 자네는 좀 관대한 마
　　　　음으로 살펴보는 게 좋겠어.

곤잘로　내가 그 애를 그렇게 보고 있노라면 화려했던
　　　　내 젊은 시절이 떠올라 난 아주 기분이 좋아진다
　　　　네.

세바스티안　그건 저 애들한테도 좋은 일이야.
　　　　하지만 페드로가 제발 우리의 주된 업무를 잊지
　　　　말아야 할 텐데!

곤잘로　그 친구 아직도 자기 형에 대한 정보를 못 알아
　　　　냈나?

세바스티안　페드로 말이야? 그 명탐정 말이지!
　　　　그 친구 어찌나 사랑에 빠졌는지, 자네가 몇 시
　　　　냐고 물으면, 자기 시계가 어느 주머니에 처박혀
　　　　있는지도 모를 정도야. 원 세상에! 내가 돌아다
　　　　니지 않는다면, 일이 하나도 진전되지 않고 옛날
　　　　과 그대로일 거야.

곤잘로　세바스티안, 우리끼리 얘긴데, 자네 뭔가 알아
　　　　냈나?

세바스티안　자네만 알고 있어야 돼. 내가 잘못 생각하
　　　　는 게 아니라면, 난 우리가 그렇게 애써 찾으려
　　　　하는 그놈을 이 작은 도시 근방에서 찾을 것 같
　　　　아. 그놈은 여기서 아주 재미 있게 지내고 있더
　　　　라구. 내가 오늘 아침 일찍 페드로에게 대강 그
　　　　것을 얘기하며, 오늘 축제는 엉망이 되게 하지

말라고 말했지. 그러자 그 가엾은 친구는, 아, 클
라우디네! 하며 한숨을 푹 쉬었어. 마치 형은 저
리 가고 그대를 내 품에 안았으면! 하고 말하고
싶어하는 것 같더군.

곤잘로   난 딸아이 마음을 알아챘어. 난 그 애 영혼에
싹트고 있는 열정을 보았지. 이건 사람을 완전히
다시 젊게 만들어 주는 매력적인 구경거리야.

세바스티안 제발 우리 계획이 이루어졌으면 좋겠는데!
거기에 카스텔베키오 가문이 걸려 있고, 부분적
으로는 페드로의 운명이 걸려 있는데 말야. 나는
그에게 자주 이렇게 말하지, 여보게, 사랑에 빠지
게. 누가 자네의 사랑을 막겠나? 클라우디네 곁
에 있게, 누가 자네를 방해하겠나? 단, 자네가
자신과 가족과 세상 사람들에게 책임을 지고 있
다는 것만을 깡그리 잊지 말게. 그게 좋아 ─ !

곤잘로   약(藥)처럼 말이지! 그렇지? 하지만 그만해둬,
세바스티안! 우리도 젊었을 땐 우리 선생들에게
그렇게 하지 않았나?

세바스티안 아니야, 여보게, 그런 뜻으로 말한 건 아
니야. 우리가 공연히 마드리드에서 여기까지 그
먼 여행을 한 것이란 말인가? 우리가 창피스럽게
고향에 돌아가야 한단 말야? 그렇게 된다면, 그
책임을 나 말고 누가 져야 한단 말인가? 나는 소
심한 사람처럼 자꾸만 페드로에게 말할 테야. 그

럴 수는 없지! 자기 형을 더 오래 놈팽이 생활을
하게 둘 수는 없어. 노름꾼과 악한들과 어울려
이곳을 돌아다니며 빈둥거리고, 다른 사람들이
생각하는 것보다 더 많은 처녀들을 기만하고, 술
고래가 화장실 들락거리는 것보다 더 자주 싸움
질을 하는 그 형을 말야!

곤잘로 알 수 없는 이상한 인간이군!

세바스티안 자넨 그 녀석이 어떻게 자랐는지 봐야 하
는 걸 그랬어. 그 녀석은 정말 귀여웠지. 기막히
게 발랄한 장난으로 그 녀석이 우리를 웃기지 않
은 날이 하루도 없었어. 그래서 바보 같은 우리
늙은이들은 그 녀석의 행동을 보면서 웃었지. 장
차 우리의 가장 큰 골칫거리가 될 그 녀석의 장
난을 보고 말야. 그 녀석 아버지는 자식의 짓궂
은 행동과 아이다운 영웅적 행동에 대해 얘기 듣
기를 좋아했지. 그 앤 항상 개하고 같이 다녔어.
그러니 이웃집의 유리창이나 비둘기가 그 애 때
문에 남아 났겠나? 고양이처럼 나무를 오르거나
곳간 속을 돌아다녔지. 그러다 한번은 떨어진 적
이 있는데, 그때가 그 녀석 여덟 살 때였지. 난
그 일이 영 잊혀지지 않는군. 그 녀석이 넘어져
머리를 많이 다쳤는데, 아주 태연하게 마당의 작
은 연못으로 가서 상처를 씻고 손을 이마에 대고
들어와 웃는 얼굴로 말하겠지. 아빠! - 아빠! -

나 넘어져서 머리 다쳤어. 마치 자기가 우연히
잡은 행운을 우리에게 알리려는 것처럼 말이야.

곤잘로   녀석의 그 좋은 용기와 천진한 유머가 안됐군!

세바스티안   그런 식의 장난이 물론 계속되었지. 나이
를 먹을수록 더 기발해지더군. 그것을 그만두고
이 세상에 순응하여 그 힘을 가문의 명예와 제
유익을 위해 쓰는 대신 그 녀석은 계속 쓸데없는
장난을 쳤지. 온갖 처녀들을 속이고 또 속이고
급기야는 아주 도망쳐 버린 거야, 우리가 들은
소식에 의하면, 아주 나쁜 데로 빠졌다는군.

그 애가 그런 생활을 어떻게 견뎌냈는지 이해 못
하겠어. 그 애 마음속엔 늘 고결하고 고매한 바
탕이 있었는데.

곤잘로   성공을 비네, 바스티안! 그 사람을 그의 가족
에게 되돌려주게.

세바스티안   꼭 그럴 필요는 없어. 그 녀석이 우릴 얼
마나 우롱했는지 아나? 언제라도 그 녀석 목덜미
를 붙잡기만 하면 난 어느 수도원이나 요새에 처
박아 넣을 자리를 알아볼 작정이야. 그렇게 되면
페드로는 나의 정당한 상속인이 되는 거지. 왕께
서 이미 이 문제에 대해 그런 생각을 표명한 바
있네. 그 녀석이 이 근처에 머물러 있는 게 확실
하다면 내가 축제를 위해서라 해도 그 녀석을 오
늘도 그냥 내버려 둔다고 한다면 잘못하는 거겠

지. 그렇게 하고 하느님과 세상 사람들에게 뭐라
고 변명할 수 있겠냐 말야! 죽은 그 녀석의 아버
지가 무덤 속에서 통곡을 하겠지!

곤잘로   좋아! 바스티안, 자넨 여전히 충직한 옛 친구
세바스티안이구먼!

세바스티안   그러니 - 우리끼리 얘긴데 -
자네 딸에 신경 좀 쓰게나!

곤잘로   무슨 얘기야?

세바스티안   그 건달 녀석은 무뢰한이야. 그러니 페드
로와 자네 딸과의 사랑도 그렇게 무난하지만은
않을 테니까!

곤잘로   바스티안, 자네 노파심은 여전하군. 미안한 말
이네만, 자넨 뭘 모르는군. 내 마음의 걱정거리
요, 지난 18년간의 모든 교육의 목표였던 내 딸
은 지극히 가냘프고 섬세한 계집애지. 그 앤 자
기의 품위를 손상시킬지 모르는 가장 작은 생각
- 아니 생각이 아니더라도, 그런 것을 조금이라
도 느껴 예감이라도 한다면 덜덜 떨기 시작하는
아이야.

세바스티안   바로 그러니까 말이야.

곤잘로   내 재산과 목숨을 걸어 내기하겠네.

세바스티안   저기 클라우디네가 막 가로수 길을 올라오
는군. 군중 속을 빠져나와 혼자가 됐어. 저 걸음
걸이를 보게. 고개 숙인 저 귀여운 머리를 보게!

자, 자, 그 애의 길을 막지 말자구. 꿈속을 다니
고 있는 그 애 앞에 무감각한 우리가 나타나서
그 달콤한 꿈을 깨버린다면 죄가 될 테니까. (두
사람 퇴장)

(페드로에게서 받은 꽃다발을 안고 있는 클라우디네)

클라우디네   사람들이 오늘 내게 바친
모든 기쁨과 선물은 이 꽃만큼 가치가 없어.
사방에서 보내온 영예와 사랑,
옷과 장신구와 보석,
내가 마음으로 갈망했던 모든 것들!
하지만 이 모든 선물은
이 꽃만큼 가치가 없어.
가슴아, 네가 늘 이렇게 뛰지만 않는다면,
너는 정말 그 전처럼 사랑스러울 텐데. 그렇게
뛰지만 말고 제발 조용히 하렴! (멀리서 페드로가
온다.) 페드로구나? 저이도 그럴까? 아, 이젠 내
감정을 감춰야지!

(페드로 등장)

페드로   아가씨!

클라우디네   안녕하세요! (잠시 침묵한다.)

페드로   (서둘러 그녀에게 다가서며) 나는 이 세상에서
가장 행복한 사람입니다!

클라우디네   (물러서며) 지내시기 괜찮으세요?

페드로   아주 좋습니다! 천사들이 사는 천국에 있는 것

처럼 말입니다! 아! 저의 보잘것없는 꽃을 그토
록 아끼시고 당신 마음에 한 자리를 차지하게 해
주시니 정말 기쁩니다!

클라우디네   제가 할 수 있는 가장 작은 표시지요. 꽃
은 밤이 되면 시들 테니까요. 그리고 오늘 받은
선물 하나하나가 다 저를 정말 기쁘게 했어요.

페드로   선물마다요?

클라우디네   언제 떠나시나요?

페드로   말이 이미 준비되어 있습니다. 세바스티안 씨
께서 저를 무조건 곁에 두려 하시는군요. 제 형
이 이 근처에 있다고 하시면서 오늘 중으로 형을
잡을 생각이십니다.

클라우디네   형님께서 당신을 꽤 번거롭게 하시는군요.

페드로   형님은 제 인생에 행운을 갖다주는군요. 형이
아니었다면 제가 아가씨를 알지 못했을 테니까
요. 형이 아니었다면 ─

클라우디네   당신이 그를 찾아서 다시 사랑과 모범으로
그를 바른길로 인도하고, 그를 가족에게 돌려보
낸다면, 온 가족이 얼마나 기뻐하며 페드로 당신
을 영접하겠어요!

페드로   그런 얘긴 제발 그만두십시오! 전 정신이 없습
니다. 제가 어디 있는지도 모르겠어요. 제가 어디
로 가야 하는지도 모르겠구요. 그런데 집으로 돌
아가라니요! 돌아가라구요! 아가씨, 당신을 떠나

서 집으로 돌아가란 말입니까!

클라우디네   당신을 사랑하는 - 무척 훌륭한 분이라던데- 왕이 계시고, 또 당신을 화려하게 맞이할 왕실이 있지 않아요.

페드로   그게 삶인가요? 그래요, 그 전엔 그렇게 사는 것이 아주 싫진 않았어요. 조국의 사업에 봉사하고 나면, 나는 불의 주위를 윙윙거리는 모기 떼처럼 제왕의 주위에 몰려드는 많은 사람들에 휩쓸려 숱한 밤을 보낼 수 있었으니까요. 이젠 그런 생활이 내게 지옥같이 느껴지겠지요!

나의 근면성, 나의 민첩성이 어디로 달아났는지 모르겠습니다. 전에는 나 혼자서 두세 명의 비서를 둘 정도였는데, 이제는 편지 한 장 쓰기가 지긋지긋하게 싫으니 말이에요. 저는 왔다갔다하고 있습니다. 꿈을 꾸며, 생각하며 말이에요. 하지만 제 가슴은 무한한 행복으로 가득 차 있습니다!

클라우디네   그래요. 페드로. 우리가 자연에 가까워지면 질수록 우리는 신에 더 가까이 있음을 느끼지요. 그리고 우리의 가슴은 형언할 수 없는 기쁨으로 넘쳐흐르게 되지요.

페드로   아, 오늘 아침 내가 숲 뒤에서 흘러오는 개울가에서 귀여운 꽃을 꺾어 올리고, 내 주위의 아침 안개가 향긋한 냄새를 풍기고, 저 너머 산꼭대기에서 내게 일출을 예고하였을 때, 나는 태양

을 향해 소리쳤지요, 오늘이 바로 그날이다! -
오늘이 바로 그날이다!라구요 - 클라우디네! -
나는 내 느낌을 감히 표현해 버리는 어리석은 사
람입니다.

클라우디네   맞아요, 페드로씨, 우리를 감싸고 있는 장
대한 자연만큼 내 가슴을 그렇게 따뜻하게 가득
채워 주는 것은 아무것도 없는 것 같아요.

페드로   아, 이 숭고한 선, 이 성스러운 매력에 감싸여
그 주위에 있는 모든 것이 더욱 아름다워지고 더
욱 장대해진다는 것을 느끼지 못하는 사람이 누
가 있겠습니까! 이런 곳에서는 차라리 어느 조용
한 오두막에서 칩거하며 단지 그 아름다움을 바
라보고만 있을 수밖에 없을 것 같군요.

클라우디네   어쩜 당신은 그렇게 당신 형과는 다를까
요? 그래도 전 당신 형을 만나보고 싶군요. 그
분은 틀림없이 기이한 사람일 거예요. 모든 신분
과 재산, 그리고 친구를 버리고 미친 행동과 기
분전환으로 방탕한 생활을 하며 가장 아름다운
시절을 망치는 사람이겠지요.

페드로   불행한 사람이지요. 저는 형이 그렇게 거칠어
진 것에 놀랍니다. 남에게 쫓겨다니는 떠돌이 생
활이 범죄자나 당하는 일종의 저주라는 것을 느
끼지 못하고, 자기 스스로 자신을 인간다운 사회
로부터 내몰아대고 있으니 말입니다. 믿을 수 없

는 일이지요! 그리고 - 이런 말을 하려니 떨리는
군요. - 저는 형의 유혹을 받고 버림받은 처녀들
이 눈물을 흘리는 것을 여러 번 보았습니다. 바
로 이것이 우리가 형을 잡아야 하는 가장 큰 이
유였습니다. 저는 형이 버린 가엾은 처녀들과 사
라져 버리고 싶었을 정도였어요! 하지만 그가 언
젠가 현혹에서 벗어나, 자기가 인간의 가장 내적
이고 신성한 면을 모독했다는 것을 떨면서 깨닫
게 된다면 그의 마음은 어떻겠습니까? 사랑과 신
의를 그렇게 비열하게 짓밟아 버렸으니 말이에
요.

클라우디네   사랑과 신의라구요? 페드로씨, 당신은 그
　　　　것을 믿으세요?

페드로   묻는 겁니까, 농담하는 겁니까?

클라우디네   진실한 마음이여!
　　　　남자들은 진실한 사랑을
　　　　한낱 장난거리로 삼지요.

페드로   진실한 마음을 장난거리로 삼는 사람은
　　　　나쁜 마음을 가진 사람,
　　　　오직 타락한 남자들만이 그렇답니다.

클라우디네   하지만 좋은 사람들이
　　　　어디 있나 말해 주세요.
　　　　좋은 사람과 나쁜 사람을 어떻게 구별하나요?
　　　　눈을 보고 그걸 알아볼 수 있나요?

페드로   나쁜 사람들이 좋은 사람인 것처럼
       위장하고 쳐다보고 탄식하지만
       그건 그렇게 오래 가지 못한답니다.
클라우디네   아, 사기꾼이 많으니, 우리 불쌍한
       여자들은 그들의 놀이감이군요!
페드로   그러므로 진실한 사람을 발견하면,
       고귀한 보물을 얻은 것과 같은 거랍니다.
클라우디네   아, 한낱 한때의 놀이감이 되는 수가
       너무나 많아요.
페드로   진실한 사람은 고귀한 보물이죠!

       (이중창이 끝날 무렵 카밀라와 시빌라가 멀리서 노래부르
       는 것이 들린다. 그들은 노래부르면서 가까이 온다.)

두 사람   하늘 높은 곳에서부터
       저 아래 땅 깊은 데까지
       내 애인만큼 그렇게
       아름답고 사랑스런 것은 분명 없을 거야!
       (두 사람 등장)
카밀라   그이는 이곳에서 가장 힘센 사람이며,
       용감하고 예의바르고 날렵하지.
       청할 줄도 알고 떼를 쓸 줄도 아는 멋진 남자,
       어떤 처녀도 그를 거절할 수 없을 거야!
시빌라   안녕! 여기서 이렇게 만나다니!

　　　　자, 함께.

네 사람 모두　　하늘 높은 곳에서부터
　　　　저 아래 땅 깊은 데까지
　　　　내 애인만큼 그렇게
　　　　아름답고 사랑스런 것은 분명 없을 거야!

시빌라　　그 무엇보다도 더 높아.
　　　　그이는 왕이나 주인보다도 더 높아라,
　　　　바로 그이가 나의 것이요,
　　　　나만의 애인이라네.
　　　　　후렴!

네 사람 모두　　하늘 높은 곳에서부터
　　　　저 아래 땅 깊은 데까지
　　　　내 애인만큼 그렇게
　　　　아름답고 사랑스런 것은 분명 없을 거야!

클라우디네　　너희들 아버지 못 보았니? 아버지께 가보
　　　　아야겠어요. 축제가 열린 후로 아버지와 단둘이
　　　　얘기해 본 적이 없어요. 애들아 너희들도 고마워.
　　　　나 같은 사람이 태어난 날을 축하하는 잔치를 벌
　　　　이는 데 도와줘서. 나 같은 – 너희들은 나를 알
　　　　지? 안녕히 가세요, 페드로씨!

페드로　　제가 모셔다 드릴까요?

클라우디네　　그냥 두세요, 제발! 괜찮아요!

페드로　　함께 가요. 세바스티안 어른이 나를 기다리고
　　　　있어요. 말은 떠날 준비가 다 되었구요.

시빌라 어서 가세요! 그분이 당신을 계속 찾았어요.
(그들은 퇴장한다.)
(시빌라 · 카밀라)

시빌라 화가 나서 죽겠어! 그냥 두세요! 괜찮아요!라
구? 언니는 우릴 무시하고 그렇게 말한 것 같아.
그 사람이 자기를 강아지처럼 따라다니니까 기고
만장해 가지고는, "그냥 두세요! 괜찮아요!"라구!
정말 화가 나서 못살겠네. 그리고 그 남자는 어
땠냔 말야! 초등학교 학생처럼 시무룩해했잖아.
멍청이 같으니라구!

카밀라 둥그스름한 작은 머리에 납작한 코를 해가지
고, 작은 풀 한 포기나 데이지 꽃을 보고도 금방
울 수 있다고! 자기가 뭐 특별한 거나 되는 줄
아나 보지?

시빌라 게다가 오늘도 사람들이 우리를 그 개선마차에
붙들어 매두었으니! 난 정말 화나더라!

카밀라 우리도 그렇게 못생긴 건 아니잖아. 그리고 페
드로 같은 사람은 난 딱 질색이야. 그치는 재미
없는 공상가야. 못생긴 인물은 아닌데 말야.

시빌라 또 점잖았잖아. 그 바보 같은 여자가 그를 어
리둥절하게 해놓기 전엔 말야. 사실 그는 원래
나 때문에 이 집을 알려고 해서 돈 세바스티안에
게 자기를 데리고 와달라고 졸랐단다. 저 건너
살랑카 섬의 총독집에서 알았을 때부터도 그는

정중하고 친절하고 점잖았어. 세바스티안이 나를
속인 거야. 내가 잘 알아. 이젠 그런 사람은 못
봐주겠어.

카밀라   그래, 밥맛 떨어지는 사람이야! 그런데 난 한
사람 건졌어. 네가 남한테 얘기 안 한다면, 말해
줄게.

시빌라   네가 날 믿을 수 있다고 생각하는 줄 알았는
데. 그리고 또 내가 페드로와 그 사랑하는 아가
씨에게 복수할 때 네가 날 도와줄 거라고 생각하
고 있는데.

카밀라   그럼 말할게, 들어봐. 이웃 동네에 한 기사가
머물고 있어. 얘, 뭐라고 말해야 할지 모르겠는
데, 아무튼 그 사람은 모든 남자들의 모범이야.
틀림없이 부자이고 고상할 거야. 그를 보면 알아.
그리고 어린 숫사슴처럼 풋내기야.

시빌라   그 사람 이름이 뭔데? 지금 어디에 있어?

카밀라   그는 신분과 이름을 감추고 있어. 다른 사람들
이 그를 돈 크루간티노라고 부르던데. 이름이 뭐
든 간에 하여간 그런 사람은 또 없어.

시빌라   그러니까 넌 그 사람을 바로 그저께 대목장에
서 낚았구나?

카밀라   쉿!

시빌라   한 가지만 더 얘기할게, 카밀라! 돈 페드로가
저녁에 떠나야 하니까, 두 사람은 마치 영원히

이별해야 하는 사람들처럼 긴 한숨을 쉬며 서로 쳐다보면서 저녁인사를 나눌 거란 말야! 식탁 앞에선 모두들 조용하고 식사도 이내 끝나버리겠지. 그러면 우리의 사랑스런 클라우디네 언니는, 아버지가 안락의자에 기대서 꾸벅꾸벅 졸기 시작하기가 무섭게 방을 빠져나가 정원으로 기어 들어갈 거란 말야. 그러고는 달을 향해 무언가 읊조리겠지. 카밀라, 내가 맹세하는데, 그건 달을 향해 읊조리는 게 아닐 거야! 바로 이게 수상한 점이란 말야!

카밀라   그럴까?

시빌라   바보 같으니라구! 저 뒤에 철책 달린 테라스 있잖아. 돌멩이 날아 들어오듯, 그걸 넘어올 생각을 안 하는 그런 못된 애인이 어디 있겠니? 순결한 달님을 보며 눈물 흘리는 자기 연인의 눈물을 닦아주기 위해서 말야!

카밀라   정말 그렇구나! 그래서 언니는 우리 중 하나가 따라가는 걸 싫어하는구나!

시빌라   그래서 난 그들을 안심시키려고 늘 졸린 체 하는 거야. 하지만 이젠 밝혀내야겠어. 페드로 씨는 곧 떠날 거란 말야. 그런데 그게 좀 수상해. 저녁식사는 아주 일찌감치 준비되어 있고! 그러니 틀림없어.

카밀라   우리 그 사람들 만나는 데로 슬쩍 가볼까?

시빌라   그건 아무 소용 없어. 그렇게 하는 건 무례한
          것 같기도 해. 그럴 게 아니라 아저씨께 이 사실
          을 얘기하자구. 그러면 아저씬 노발대발하시겠
          지. 당신 딸과 명예를 몹시 존중하시는 분이니까.
          아저씨더러 그들을 몰래 뒤쫓아가 보시라고 하는
          거야!

카밀라   우리가 나쁜 짓을 한다는 인상을 주지 않게만
          잘 해보자!

시빌라   우리가 사람들을 서로 이간질시키는 게 어디
          이번이 처음이니? 애! 식사가 시작되기 전에 가
          자.

          (두 사람 퇴장)

초라한 시골 여관의
작은 방

(떠돌이꾼 셋이 식탁에 둘러앉아 주사위놀이를 한다.
크루간티노는 칼을 옆에 차고 파란색 끈이 달린 치터를 손에
들고 있다. 그는 왔다갔다하면서 조율하고서 노래부른다.)

아가씨들과는 친하게 지내고
사내녀석들과는 맞붙어 싸우고,
현금 없어 빚을 더 많이 지면서 -
그렇게 우린 세상을 헤쳐 간다네.
저녁이면 따뜻한 마음으로 노래 하나 불러,
나는 벌써 많은 아가씨들의 마음을
사로잡았다네. 그러다가
시기하는 자가 벽에 기대서 있으면,
칼을 손에 뽑아 든다오!
성급하고 주저없이,
칼을 뽑아 든다오!
휙휙 쉭쉭 칼이 내는 소리!
득득 닥닥!
크륵 크락!
아가씨들과는 친하게 지내고,
사내녀석들과는 맞붙어 싸우고
현금 없어 빚을 더 많이 지면서 -

그렇게 우린 세상을 헤쳐 간다네!

떠돌이꾼 1   이리 오게 크루간티노! 한판 하지!

크루간티노   오늘은 그럴 기분이 안 나.

떠돌이꾼 2   저 친군 오늘도 또 쓸모가 없군.

크루간티노   내가 뭐 하인인가! 쓸모 있는 사람이 되고 싶으면 나는 품위 있는 사람들에게로 가지, 자네들 같은 건달들과는 어울리지 않는다구.

떠돌이꾼 1   내버려들 두게! 저 친구 정상이니까.

떠돌이꾼 3   틀림없이 저 친군 밀회할 시간을 고대하고 있는 거야. 오늘은 어디로 가려나? 저 건너 알메리아에게 가는 건가?

크루간티노   좋을 대로 생각해.

떠돌이꾼 2   아니야! 그 여자와의 얘기는 다 끝났어. 그건 벌써 삼 주나 계속되었거든.

떠돌이꾼 1   내기할까? 내가 맞춰 보지! 저 친구 카밀라에게 가는 거야. 저번 대목장에서 그 여자가 그 새까만 눈동자로 저 친구를 반하게 만들었거든.

크루간티노   자네가 함께 가서 확인하는 게 좋겠군. 그러면 자네가 한 말을 확신하게 될 테니까.

떠돌이꾼 1   정말 고맙네! 그 여자 코가 좀 긴 게 딱 하나 흠이지만, 추한 여자는 아니지. 그밖에 또 - 걱정되는 건 말야.

크루간티노   이젠 좀 지나친 것 같은데.

떠돌이꾼 2   이젠 난 놀음 그만할래.

떠돌이꾼 3   나도 그만둘래.

떠돌이꾼 2   그만그만한 사람들끼리는 노름할 맛이 안 나. 서로의 돈을 터는 짓이니 재미없을밖에.

크루간티노   돈이 하나도 없을 땐 특히 더 재미 없지.

떠돌이꾼 2   우리와 함께 있으면, 자네도 웃을 만한 게 있을 텐데.

크루간티노   대체 무얼 하려는 건데?

떠돌이꾼 2   목사가 오늘 새끼 사슴을 한 마리 선물받았는데, 그게 아래 부엌방에 걸려 있어. 그걸 훔쳐내려고.

떠돌이꾼 3   그리고 뿔은 그의 가발대 위에 못으로 박아두자고. 축제용 가발이 걸린 가발대가 구석에 있거든. 나를 믿으라구! — 얼마 전에 나는 그 작은 방에서 여자 요리사와 밀담을 나누다가 하마터면 그 가발을 넘어뜨릴 뻔했는걸.

떠돌이꾼 2   자네가 넘어 들어가서 내게 그 사슴을 넘겨줘. 우리가 뿔을 잘라서 그걸 자네에게 줄 테니까.

떠돌이꾼 3   나머지는 내게 맡겨! 그건 틀림없이 가발 위에 멋지게 꽂혀 있을 테니까. 그리고 그 옆에는 이런 쪽지를 붙여 두는 거야. — 신출모세! —

모 두   좋다, 좋아!

떠돌이꾼 1   누구 바스코 본 사람?

크루간티노   잠시들 기다려 보겠나? 곧 올 텐데?

떠돌이꾼 2   오지 않을걸. 그는 나 때문에 화가 났거
든! 어제 내가 그를 조금 놀렸더니.

크루간티노   자네 때문에 화가 났다고? 그런 생각 말
게! 바스코는 그런 걸 오래 마음에 두는 사람이
아니야. 정말 화가 났다면 자네 얼굴을 칼로 그
어 생채기를 냈겠지. 그러곤 화를 풀었을 거야.

(밖에서 밤꾀꼬리 소리가 들린다.)

떠돌이꾼 1   그 친구 저기 있군! 소리 들었나?
그 친구 저기 있어!

바스코   안녕들 한가?

크루간티노   마침 잘 왔네. 실비오 말이 자네가 화가
났다는군!

바스코   무슨 생각을 그렇게 해? 크루간티노.
한마디 하게!-

떠돌이꾼 1   자, 사양 말고 앉게나.

바스코   자넨 아직도 생활태도를 배우고 있군, 늙은 친
구! 곧 죽을 거라는 걸 실감하고는 온순해진 거
지. 안 그런가?

떠돌이꾼들   그 계획에 행운이 깃들기를!
그걸 위하여 술 한 병 비우게나.
많은 돈으로는 살림을 차리고,
적은 돈으로는 또 그럭저럭 살림을 꾸려나가지,

자! 자! 그렇게 돈은 나가는 법. (퇴장)

크루간티노   하지만 결국 그 술값은 또 내가 치러야 할
걸. - 오, 바스코! 난 이제 저 녀석들과 어울리는
생활이 지겨워졌어. 지루해! 늘 다람쥐 쳇바퀴
도는 식이야.

그나마 허튼 장난이라도 없다면 - 바스코, 무슨
소식 가져왔나? 빌라 벨라로부터 무슨 소식 없
어?

바스코   많지, 아주 많아!

크루간티노   내가 클라우디네와 가까워질 희망이 있겠
나?

그녀는 천사야, 정말 천사지!

바스코   귀엽고 사랑스런 카밀라가 내게 눈짓하더니 내
귀에 대고 속삭이더군. 고귀한 크루간티노에게
안부를 전해 달라고 말야!

크루간티노   그 여자 얘긴 그만둬!
클라우디네 얘기나 해주게.

바스코   참, 우리는, 아니, 사람들은 모두 다
바보인가 봐!

크루간티노   무슨 일인데 그래?

바스코   다른 때 같으면 하루 종일 딸딸거리며 먹을 것
찾는 수리처럼 돌아다니는 내가 오늘은 오후 내
내 여기서 빈둥거리고 있어야 하니!

크루간티노   어서 말해 봐!

바스코   그러니까 저 건너 - 저 건너 빌라 벨라에서 말
           이야 - 내 눈앞을 때려서 튀어나오게 해서 보여
           줄 수 있으면 좋으련만. 거기 곤잘로의 저택에서
           나는 클라우디네 곁에 서 있었어. 여기서부터 저
           책상까지의 거리밖에 안 돼. 그럴 줄 누가 알았
           겠어. -

크루간티노   그럴 수가! 어떻게 그렇게 됐지?

바스코   오늘이 클라우디네 생일이래. 무작정 딸을 사
           랑하는 그 아버지가 잔치를 벌였어. 사람들이 행
           렬을 하면서 그녀를 개선장군처럼 떠받들었대.

크루간티노   자네가 그걸 봤단 말이지?

바스코   나는 너무 늦게 간 거였어. 하지만 정원의 커
           다란 보리수 아래 온 마을 사람들을 위해 식사
           준비가 되어 있더군! 늙은이건 젊은이건 모두들
           화려하게 치장을 하고! 매우 흥겨운 분위기였지!
           맥주통들, 엄청나게 큰 죽 냄비들, 그리고 사람들
           의 왁자지껄 떠들고 북적거리는 소리! 그때 막
           나도 안으로 들어간 거야.

크루간티노   그런데 자넨 나를 데리러 오지도 않았군?

바스코   내가 주위를 한번 둘러보는 사이에 주인집 식
           구들이 다 사라져 버렸는걸.

크루간티노   그 여자를 보았나?

바스코   그뿐인가? 그 여자가 얼마나 아름다웠는지 자
           네에게 말할 수 있다면 좋겠는데. 난 약간 당황

했었어.

크루간티노   그런데 이제 그게 다 무슨 소용이야?

바스코   서두르지 마! 침착하라고! 내가 한 가지 사실
을 알아냈단 말야. 클라우디네는 매일 밤, 특히
달빛이 아름다울 때 홀로 정원에서 산보하곤 한
다는 거야. 자네 살랑카로 가는 도중에 정원 앞
에 서 있는 그 상수리나무 알지?

크루간티노   알고말고! 테라스가 그 쪽으로 나 있고 철
문이 있지. 아, 그리로 가고 싶어! 당장 그리로
가서 거기 있고 싶어. 달이 뜨기 전에 가세,
바스코.

바스코   한 가지 더 할 얘기가 있어. 잘 들어두게.
내 친한 친구인 포교 세르필로가 내게 귀띔해 준
건데 말야, 사람들이 자넬 수소문해 찾고 있다는
거야.

크루간티노   시시한 소리 마! 별것 아닐 거야.

바스코   자네가 과거에 저지른 행동 때문에 그러는 것
만 아니라면야!

크루간티노   바보 같은 소리!!

바스코   우리 고향 사람들은 그렇게 빨리 잊어버리는
사람들이 아냐!

크루간티노   난 그런 건 걱정 안 해. 난 빌라 벨라로
가야 해. 자네 우리의 작전계획을 이렇게 세우세.
나는 가로수 속에 숨어 있다가 그녀가 오는 소리

를 들으면 곧장 울타리를 넘어 정원으로 갈 테니
까, 자넨 밤나무 위에 올라가 있다가 누가 오면
밤꾀꼬리 소리를 내는 거야.

바스코   됐어, 좋아! 밤꾀꼬리가 울 때는 아니지만 –

크루간티노   그리고 가면을 잊지 말게. 내가 말한 대로,
자넨 계속 지저귀기만 하면 돼. 아무 걱정 말고,
내가 부를 때까지 말야. 난 이쯤에서 빠져나가겠
네. 두 사람이 있으면 늘 이런 일을 망치기 십상
이거든. 이보게 바스코, 자네 오늘 밤 다른 계획
이 있었던 건 아니지?

바스코   내 일은 낮에 해도 돼!

크루간티노   자네도 뭔가 점찍어 논 게 있는 모양이지.

바스코   (퇴장하면서) 아!

금빛머리 아가씨와 갈색머리 아가씨가
지금 내 사랑을 차지하려고 싸우고 있다네.
한 아가씨는 늘 심술궂고,
한 아가씨는 늘 즐겁고 명랑하다네.

달빛 내리는 밤

(빌라 벨라 정원의 테라스. 정원 쪽으로 문이 하나 있고,
그 아래 테라스 앞에는 키가 큰 밤나무들이 죽 늘어서
있다.)

(클라우디네는 테라스 위에, 크루간티노는 나무 아래에
있다.)

클라우디네   여기 이 고요한 달빛 아래
거룩한 밤이여, 그대와 단둘이 있네.
이 가슴은 사랑으로 가득 차 뛰는데,
아, 어떻게 말을 해야 할까!

크루간티노   이 고요한 달빛 아래
천사여, 그대는 혼자 거닐고 있는 게 아니라오.
또 하나의 외로운 가슴이 한숨지으며,
그늘 아래 그 고통을 감추고 있다오.

클라우디네   (문으로 다가가면서)
이 목소리는! 가봐야겠어.

크루간티노   (가면을 쓰고 조용히 계단을 올라간다.)
자, 감히 그대 가까이로 갑니다.

클라우디네   (정원으로 나 있는 문 곁에서)
누구세요? 누구세요? 거기 누구세요?

크루간티노   (올라가면서)
접니다! 저예요! 제가 왔어요.

클라우디네   (위에서) 누구세요?

크루간티노   저예요!

클라우디네   낯선 분이시여, 당신 이름은 뭐지요?

크루간티노   사랑하는 이여, 그대는 내 이름을
알고 있어요.

클라우디네 가면을 벗어 보아요!

크루간티노 당신의 마음이 자신에게 내가 누군지
말하고 있잖아요?

클라우디네 여기에서 떠나세요!

크루간티노 문을 열어요!

두 사람 아아! 이 무슨 고통인가!
단 한 번만이라도 입맞춰 봤으면!

(클라우디네는 떠난다.)

크루간티노 담장 같은 건 아무런 장애물도 아니야. 클
라우디네는 퍽 오랫동안 내 말에 귀를 기울였어!
아, 그녀를 붙잡았으면! (그는 올라가기 시작한다.
그가 담장 위에 올라서자마자, 밤꾀꼬리가 운다.) 저놈
의 밤꾀꼬리 때문에 일이 다 잡쳤군! (그는 뛰어
내린다.) 정말 누가 오는 소리가 들리는데? 빨리
사라져야겠구나!

(그는 테라스에서 내려와 나무 뒤로 간다. 이따금 밤꾀꼬
리가 운다.)

페드로 내 마음을 못 이겨 이리로 오게 되었구나! 저
위에서 클라우디네가 자주 조용한 마음으로 거닐
곤 하지. 아름다운 곳이야! 주위의 모든 것이 그
대를 사랑에 찬 감정으로 에워싸고 있구나! 마치
이곳은 영원한 봄이기라도 한 듯, 아직도 밤꾀꼬
리가 노래하고 있네! 오! 주위의 모든 숲 속에는
여름을 맞아 밤꾀꼬리의 흔적도 없건만. 사랑스

런 밤꾀꼬리는 내 마음의 친구지!
　　　이렇게 늦도록 아직 너희 밤꾀꼬리들은
　　　나의 가슴처럼 다정하게
　　　너희 사랑의 슬픔을 노래하는 거니?
　　　나도 사랑에 빠져
　　　한숨짓고 탄식하지만, 나의 슬픔은
　　　가장 진정한 기쁨이란다!

크루간티노　　(그 동안 내내 초조해하다가, 혼잣말로) 저자를
　　　처치해야겠어. 꽤 끈질긴 녀석이군.

페드로　　가만! - 거기 누구요? (크루간티노가 천천히 나타
　　　나고 페드로는 큰 소리로) 거기 누구요?

크루간티노　　(칼을 뽑는다.) 날카로운 검이오!

페드로　　(칼을 뽑는다.) 준비됐소?
　　　(그들은 결투한다. 페드로는 오른팔에 부상을 입고 오른
　　　팔을 내려뜨린 채 왼손으로 칼을 잡는다.)

크루간티노　　그만둡시다! 당신은 부상당했소.

페드로　　(칼을 보이며) 내 목숨을 원하시오? 내 돈주머
　　　니를 원하시오? 말하시오! 내 돈주머니는 가질
　　　수 있겠지만, 내 목숨이라면 좀더 비싸게 지불해
　　　야 할 거요.

크루간티노　　둘 다 아니오. (혼잣말로) 이자의 목소리가
　　　나를 감동시키는군. (큰 소리로) 나는 도적도, 살
　　　인자도 아니오.

페드로　　당신이 나를 습격한 이유가 뭐요?

크루간티노   그만두시오! 당신은 피를 흘리고 있어요. 우리의 도움을 받아들이시오. (그는 손수건을 꺼낸 다.) 밤꾀꼬리! 밤꾀꼬리!

페드로   밤꾀꼬리가 뭐요?

크루간티노   아무것도 두려워 마시오.

바스코   무슨 일인가?

크루간티노   이 부상자를 돌봐 주게.

페드로   정신이 몽롱해져.

바스코   (그를 돌보면서) 팔의 베인 부분에서 피가 꽤나 많이 나는데!

크루간티노   (왔다갔다하며) 내가 바보야! 바보 멍청이 야!

   (자기 이마를 탁 치며)

바스코   당신 페드로 아니오?

페드로   나를 아무 데나 데려다 주시오. 내가 쉴 수 있고 붕대를 맬 수 있도록!

크루간티노   페드로구나! 클라우디네의 애인, 페드로! 바스코, 그를 저 건너 사로사로 데려가! 우리 여관으로 데려가 내 침대 위에 눕히게, 바스코!

바스코   자, 자! 이봐요, 정신차려요!

   자, 갑시다! (퇴장)

크루간티노   이제 어떻게 해야 하지? 빌어먹을! 가엾은 페드로! 그런데 검아, 네놈은 칼집에 얌전히 꽂혀 있어야겠다! 네놈을 집에 두고 다녀야지,

네놈을 물 속에 집어던져 버려야겠어! -
하필 그때 그가 거기 누구요!라고 소리칠 게 뭐
람? 거기 누구요! 하고 명령조로 말야? 난 그런
명령조는 참지 못하는 성미니까 - 그래서 모든
것이 다 수포로 돌아갔어. 그 좋은 기회가! 아까
내가 그냥 담장만 넘었더라면. 그래서 페드로가
밤꾀꼬리와 사랑의 이중창이나 부르게 놔두었더
라면 좋았을걸. 바로 가장 과감해져야 할 때에
그게 안 된단 말야! 혹시 - (계단 쪽으로 가면서)
어리석은 희망이야! 클라우디네는 벌써 집에 돌
아가 이불을 폭 덮고 침대에 누워 있겠지. 쉿!
(곤잘로가 두 하인과 함께 위에서)

곤잘로   그 애가 어디 있다구? 그래! 하나는 내 옆에
남아 있고, 자네들은 정원을 샅샅이 찾아봐! 조
심해, 필경 남의 말하기 좋아하는 것들의 거짓말
일테니까.

크루간티노   (귀를 기울이면서) 무슨 새로운 사건이 있는
가 보군.

곤잘로   저기 밤나무 아래로 누군가가 숨어들지 않았
니?

하 인   그런가 봅니다.

곤잘로   그 사람 아냐? 기다려요, 페드로,
기다려! (그는 담장문을 열고 계단에 올라선다.)
그 아래 누구요? 이봐요, 거기 누구냐니까요?

크루간티노   (가면을 쓰면서) 갈수록 태산이군.

곤잘로   거기 누구요?

크루간티노   나쁜 사람은 아닙니다!

곤잘로   괘씸한 놈 같으니라구, 밤중에 남의 집 주위를
어슬렁거리며, 사람들의 구설에 오를 거리나 만
들어 주고, 사랑과 우정을 그 따위로 갚는 너 같
은 놈은 썩 물러가라!

크루간티노   (칼에 손을 댔다가 곧 다시 뗀다.)
안 돼! 제발 그냥 꽂혀 있어라! 저 말이 무슨 뜻
일까? 저 사람은 클라우디네의 아버진데.

곤잘로   여보게, 자네에게 말해 두겠는데, 그런 짓은
좋지 않아. 아주 좋지 않은 짓이야.

크루간티노   그 말씀은 너무 지나치십니다! (가면을 벗
어던지면서) 당신이 빌라 벨라의 주인입니까, 아닙
니까? 당신의 태도는 불손하시군요.

곤잘로   당신, 페드로가 아니오?

크루간티노   내가 누구든 상관없습니다. 당신이 나를
모욕했으니, 난 명예 회복을 요구합니다.

곤잘로   (칼을 뺀다.) 좋소! 전혀 이런 행동을 하고 싶지
는 않지만.

크루간티노   (칼을 반쯤 빼다가 곧 다시 칼집에 꽂는다.) 됐
습니다, 어르신, 그만해 두시지요! 당신처럼 나
이드신 분이, 이름난 용기와 지위와 위엄을 가지
신 분이 제게 칼끝을 겨냥했다는 것만으로도 저

는 만족합니다. 이것으로 그보다 더한 모욕도 보
상될 수 있을 겁니다.

곤잘로 당신이 나를 부끄럽게 하는구려!

크루간티노 어르신께서는 아마 저를 나쁜 사람으로
생각하신 것 같습니다.

곤잘로 그래서 당신에게 부당한 행동을 했나 보오.
아마 다른 사람이었어도 내가 의심을 하여 그런
부당한 행동을 했겠지요.

크루간티노 페드로라고 하셨지요? 다른 지방에서 온
그 호감이 가는 청년 말씀하시는 건가요?

곤잘로 그렇소! 카스틸리엔에서 온 사람이지요.

크루간티노 맞아요! 어르신께선 그 사람이 이 주위를
맴돌고 있다고 생각하신 거죠?

곤잘로 그렇게 생각했소 - 이제 됐어요. 당신 아무도
못 보았지요?

크루간티노 아무도 못 보았어요. 저는 고독을 좋아하기
때문에 여기서 왔다갔다하며, 조용히 생각에 잠
겨 있었는데, 어르신께서 제 생각을 중단시키신
겁니다.

곤잘로 그 얘긴 더 이상 하지 맙시다. 그런 우연한 일
과 내가 화를 낸 것이 다 고맙게 생각되는구먼.
덕분에 이렇게 훌륭한 청년과 알게 되었으니 말
이야. 실례지만, 어디서 묵고 계신가?

크루간티노 이곳에서 멀지 않은 사로사에 머물고 있습

니다.

곤잘로   아직 그렇게 늦은 시간이 아니니 안으로 들어
　　　　가서 앞으로의 우정을 위해 한잔 하세나.

크루간티노   자정이 다 되었는데도 이렇게 초대해 주시
　　　　니, 그런 술이라면 한 모금이 순례만큼이나 가치
　　　　가 있겠습니다.

곤잘로   너무 공손하시구먼! 필요하다면 말도 준비되어
　　　　있으니 돌아갈 때 마음대로 쓰시게!

크루간티노   지나친 호의를 베푸시는군요!

곤잘로   안으로 들어가시지.

크루간티노   들어가겠습니다.

　　　　(그들은 계단을 오른다. 곤잘로가 문을 잠그고, 퇴장)

　　　　　　　　성 안의 방

　　　　(시빌라 · 카밀라)

시빌라   대체 어떻게 된 거야?

카밀라   나도 모르겠어.

시빌라   아저씨가 하인들을 데리고 옆문으로 슬그머니
　　　　빠져나가시자, 바로 벌써 클라우디네는 돌아왔잖
　　　　아.

카밀라   이제 우리가 욕먹게 생겼어.

시빌라   우리가 말한 게 아닌데 뭘.

(클라우디네가 들어온다.)

클라우디네   우리 아버지 어디 계시니?

시빌라   안녕, 언니! 오늘은 일찍 들어왔네,
밤이 저리도 아름다운데.

클라우디네   오늘은 몸이 안 좋아. 잠이 오는구나!
아버진 어디 계셔? 저녁 문안인사 드리고 싶은
데.

카밀라   밖에서 아저씨 목소리가 들려.

(곤잘로 · 크루간티노)

곤잘로   애들아, 손님이 또 한 분 오셨다.
좀 늦긴 했지만.

크루간티노   저의 예기치 않은 행운이 여러분께 폐나
되지 않을는지요.

카밀라   (시빌라에게 은밀히) 언니, 저이가 크루간티노야.
저 사람이 바로 그 사람이야!

시빌라   근사한 남잔데!

곤잘로   애가 내 딸이라네. (크루간티노는 공손히 절한다.)
애들은 내 조카딸들이고, 애들아, 포도주하고 빵
좀 가져오렴! 나는 빵을 좀 먹어야겠어. 안 그러
면 술맛이 안 나거든. (시빌라와 카밀라 퇴장. 카밀라
는 크루간티노에게 비밀스런 시선을 보낸다. 크루간티노
는 그 눈짓에 응답한다.) 클라우디네야, 넌 정원에서
곧 나온 모양이구나.

클라우디네   밤공기가 차서요. 몸도 별로 좋지 않구요.
　　　　　　　　물러가도 될까요?

곤잘로   조금 더 있거라. 조금만 더 있다 자렴! 내가
　　　　　　방금 말했지. 사람들은 남의 말하기 좋아하는 거
　　　　　　짓말쟁이라고.

클라우디네   무슨 말씀이세요, 아빠?

곤잘로   아무것도 아니란다! 넌 항상 내 사랑하는 외동
　　　　　　딸이라는 걸 얘기하려 했을 뿐이야. (크루간티노는
　　　　　　지금까지 거의 부동자세로 서서 때로는 클라우디네를 사
　　　　　　랑어린 눈으로 쳐다보기도 하고. 그녀와 눈이 마주치면
　　　　　　눈을 내리깔기도 했다. 클라우디네는 점점 더 당황한다.)
　　　　　　자네 치터를 갖고 있구먼.

크루간티노   저의 고독과 감정을 노래하는 악기지요.

클라우디네   (혼잣말로) 저 목소리. 저 치터! 저이가 바
　　　　　　　로 그 사람이었단 말인가? 그건 페드로가 아니었
　　　　　　　어. 내 마음으로 그걸 알 수 있어. 페드로는 아니
　　　　　　　었어!

곤잘로   그건 클라우디네가 좋아하는 곡인걸.

크루간티노   노래가 마음에 드실는지요? (그는 치터를 치
　　　　　　　기 시작한다.)

클라우디네   아름다운 곡이군요!

크루간티노   (은밀히) 이 곡조와 이 마음을 모른다고 하
　　　　　　　실 건가요?

클라우디네   무슨 말씀을!

(시빌라와 카밀라, 포도주와 술잔을 든 하인 등장. 한편
곤잘로는 식탁에서 뭔가 하고 있다.)

크루간티노   (은밀히) 모르시겠어요? 당신 곁에, 바로
당신 곁에 있는 이 행운의 사나이가 조금 전의
바로 그 사람이란 걸 말입니다.

클라우디네   제발 그만두세요.

크루간티노   이 세상에서 제가 원하는 것은 당신의 사
랑뿐입니다. 아니면 죽음이죠!

(시빌라와 카밀라가 눈치챈다.)

곤잘로   한 잔 드시게! 무슨 얘기들 했나?

크루간티노   노래에 대해서 이야기했습니다.
아가씨는 문학에 남다른 조예가 있으시군요.

곤잘로   자! 치터에 맞춰 노래 좀 불러주시게나! 치터
와 좋은 목소리를 가진 젊은이는 어디서든 살아
나갈 수 있지!

크루간티노   한번 해보죠.

곤잘로   어려워 말고 하게나.

크루간티노   (거의 클라우디네를 향하여)
사랑하는 그대여!
내게 말해 주려나,
어찌하여
사랑하는 사람들이
고독하고 묵묵히
언제나 자신을 괴롭히는지를.

또 어찌하여
자신을 속이기까지 하고,
즐거움이 없는데
언제나 그것을 예감하기만 하는지를,
내게 말해 주려나
사랑하는 그대여?

곤잘로 (클라우디네에게 농담조로) 그래 내게 말해 주려나! 클라우디네야. 이건 네 처지를 노래한 거로구나. 그렇지, 저 앤 늘 노래를 좋아했지. 노래에 있어선 저 애와 나는 느낌이 같다네. 그 노래가 자유롭고 진실하고 정직하게 가슴에서 우러나온 것일수록, 더욱 가치가 있다고 난 생각하네. - 여보게 앉게나! 앉으라구 - 하나만 더 말하지! 내가 늘 말하는 거네마는 - 우리가 젊었을 때는 또 달랐다네. 그때는 농부들이 살기가 괜찮았지. 그래서 농부들한테는 늘 노래가 있었다네. 자연스럽게 나와 사람들의 마음을 즐겁게 해주는 노래 말야. 그러면 주인들은 부끄러워하지 않고 마음에 드는 노래를 같이 불렀다네! 가장 자연스러운 것이 가장 좋은 것이지!

크루간티노 멋지군요!

곤잘로 그러니 우리 농부들의 생활보다 더한 자연이 어디 있겠나? 먹고, 마시고, 일하고, 잠자고, 사랑하며 그렇게 단순하게 살아가는 거지. 도시나

궁정에서의 생활을 어떤 겉치레로 가장하려는 생
각은 조금도 없으니까 말이야.

크루간티노   말씀 계속하십시오! 어르신 같은 분의 그
런 말씀은 아무리 들어도 싫증나지 않을 것 같습
니다.

곤잘로   그럼 노래는 어떠했는 줄 아나? 그땐 옛 노래
들이 있었지. 사랑의 노래, 살인담, 귀신 나오는
이야기 등, 모든 노래마다 제각기 고유한 가락이
있었다네. 그리고 그것들은 모두 심금을 울리는
것이었는데, 특히 귀신 나오는 이야기가 그랬지.
그 중에 서너 개는 나도 기억하고 있어. 하지만
요즘은 그런 노래 부르면 놀림당할 거야.

크루간티노   생각하시는 것처럼 그렇게 우습게 들리지
않을 겁니다. 그런 노래들을 부르고 작곡하는 것
이 다시 최신 유행이지요.

곤잘로   그럴 리가!

크루간티노   담시나 민중 사이에서 전해지는 연애시, 시
장바닥 떠돌이 가수의 노래, 이런 모든 것들이
요즘 여러 곳에서 열심히 발굴되어 독일어로 번
역되고 있습니다. 그 노래들 안에 저마다 우리의
아름다운 영혼이 깃들어 있다는 거지요.

곤잘로   그거 한번 정말 좋은 착상이구먼! 사람들이 다
시 자연으로 돌아가려 한다는 것은 뭔가 좀 믿어
지지 않는 일이지만, 사실 사람들은 지금까지 늘

이미 빗질한 머리를 또 다듬고, 다듬은 것을 또 곱슬거리게 하고, 곱슬거리게 한 것을 결국에는 뒤죽박죽으로 만들어 놓고는 그걸 멋지다고 생각하곤 했으니까 말야!

크루간티노   지금은 바로 그와 반대죠.

곤잘로   오래 살고 볼일이야! 필시 자넨 아름다운 노래를 많이 외우고 있겠지?

크루간티노   수없이 많지요.

곤잘로   한 곡만 더 불러줄 텐가? 부탁하네. 나는 몹시 기분이 좋아. 우리 모두가 기분이 좋은 것 같군. 우리가 기분이 좋아서 다들 마음이 흥분되어 있나 봐.

크루간티노   곧 하지요. (그는 조율한다.)

곤잘로   앉아라. 애들아!

(그들은 식탁 주위로 가서 자리를 잡는다. 크루간티노는 식탁 옆에, 클라우디네는 뒤쪽에, 곤잘로는 크루간티노를 마주 보고 앉고, 클라우디네와 크루간티노 사이로 카밀라가 끼어든다. 시빌라는 곤잘로 뒤에 선다.)

크루간티노   등 하나는 꺼주세요! 그리고 다른 하나는 멀리 치워 주시구요!

곤잘로   옳지! 맞아! 그래야 더 친밀하면서도 더 으스스한 분위기가 되지!

크루간티노   옛날에 무척이나 파렴치한 애인이
하나 있었네!

프랑스에서 막 돌아와
가엾은 젊은 처녀 하나를
밤낮 안고 다니며
애무하고 사랑하고
신랑처럼 돌아다니며 희롱하다가
결국에는 처녀를 버리고 떠나버렸네!

가엾은 그 처녀 그가 떠났다는 말 듣고
넋이 나가
웃고 울며, 기도하며 저주하다가
이 세상을 떠났네.
처녀가 죽자, 녀석은 겁이 나고 소름이 끼쳐
말을 타고 멀리 도망쳤네.

곤잘로 누가 오나? 제길! 누가 오고 있잖아?
모처럼 멋진 감정에 젖어 있는 사람을 방해하다
니! 따귀나 한대 맞으려구. 세바스티안인가?

(세바스티안과 등불을 든 하인)

세바스티안 안녕하신가?

곤잘로 어디서 오는 길인가?

세바스티안 그저 저녁인사나 하려고 온 걸세.
그런데 암만 찾아봐도 돈 페드로가 보이지 않아.

크루간티노 (혼잣말로) 당연하지.

클라우디네 아저씨와 헤어진 지 오래 됐어요?

세바스티안 그렇다마다. 아무튼 오늘밤 난 기분이 아주 이상해!

곤잘로   아무 성과도 없었나? 화나는데 한잔 드시게.
　　　　여기에도 새로운 손님이 한 분 계시네. 이렇게
　　　　시간이 늦었는데도 말야.

세바스티안   (그를 관찰하면서. 그리고 잔을 들면서 혼잣말로)
　　　　이자가 내가 찾고 있는 놈 같군. 저 허튼 짓하며,
　　　　이글이글 타는 눈에다 치터까지 –

곤잘로   오늘 어디서 묵을 건가? 여기서 묵지!

세바스티안   아니야, 페드로를 찾아야지. 해가 뜰 때까
　　　　지라도 찾아봐야겠어. 저분은 어디서 오신 분인
　　　　가?

곤잘로   사로사에서 오신 분이야.

세바스티안   (다정하게) 성함은?

크루간티노   크루간티노라고 합니다. (혼잣말로)
　　　　미련한 늙은이로군!

세바스티안   (무관심하게 술잔 속을 들여다보며 말한다.)
　　　　그래요?
　　　　(몸을 돌리며 혼자 즐거워한다.) 녀석아, 이제 넌 잡
　　　　힌 거다, 잡힌 거야. 페드로, 이젠 자네가 어디
　　　　있든 상관없어. 난 우선 녀석을 붙잡아야 하니
　　　　까! (큰 소리로) 그만 가봐야겠어!

곤잘로   한 잔 더 들게.

세바스티안   고맙네. 여러분, 잘 있어요.

곤잘로   시빌라, 이분을 모셔다 드려라.

세바스티안   그럴 거 없네! (퇴장)

크루간티노   집안의 옛 친구신가 보죠?

곤잘로   오랫동안 우리를 떠나 있다가 다시 찾아온 친
구지. 좀 너무 직선적이긴 하지만 좋은 친구야.
이제 우리 노래 계속하지, 계속해. 난 노래 속의
그 남자를 보고 있는 것 같은 생각이 들어. 악마
가 얼마나 그를 불안하게 하는지를 말야. 말을
타고 세상을 돌아다니며 광란하는 그 거짓 맹세
자를 보는 듯해!

크루간티노   그렇습니다! 그렇지요!
처녀가 죽자,
녀석은 겁이 나고 소름이 끼쳐
말을 타고 멀리 도망쳤네!

말을 휘몰며 정처없이
사방으로 달렸네.
이곳저곳 왔다갔다
쉬지 않고
일곱 낮과 일곱 밤을 꼬박 달렸네.
천둥 번개가 치고 폭풍우가 몰아쳐도
홍수가 나도 달렸네.

그러다가 번갯불이 번쩍이는 날,
허물어진 집을 만났네.

말을 밖에 매어 두고 안으로 기어 들어가,
몸을 구부려 비를 피하는데,
바닥을 더듬거리자,
그 아래 땅이 갈라져서,
녀석은 수천 길 아래로 떨어졌다네.

기절했다 깨어난 녀석은,
세 개의 등불이 가만히 다가오는 것을 보았네.
정신을 가다듬고 기어가 보니,
불빛은 멀리 사라지고,
이리저리 길을 잘못 들어,
계단을 오르내리기도 하고,
좁은 골목을 지나기도 하고,
무너져 황폐한 지하실을 지나기도 하였네.
(하인 하나가 문을 연 채 서 있다. 시빌라가 주위를 둘러
보자, 하인이 그녀에게 눈짓한다. 그녀는 방해가 되지 않
도록 하기 위해 발꿈치를 들고 하인이 있는 곳으로 간다.
그런데도 이것을 눈치챈 곤잘로는 안달이 나 발을 구른
다. 크루간티노는 노래를 계속한다.)
이제 갑자기 녀석은 홀에 당당하게 서 있네.
그곳엔 수백 명의 손님이 앉아 있고,
모두 퀭한 눈으로 희죽이며
축제에 오라고 눈짓하는 게 보이네.
(시빌라가 가만히 클라우디네의 의자 뒤로 와서 클라우디

네 귀에 대고 말한다. 곤잘로는 화가 나게 되고, 크루간티
노는 노래한다.)
녀석은 그 아래서 하얀 수건을 두른 채
애인을 내려다보네.
그에게 등을 돌려버리는 -

클라우디네   (외마디 소리를 지르며) 페드로!

(그녀는 기절하여 뒤로 넘어진다. 모두 벌떡 일어난다.)

곤잘로   저런! 저런! 웬일이야 ! (사람들이 포도주로 클라
우디네의 원기를 회복시키려 한다.) 무슨 일이냐! 무
슨 일이야!

시빌라   페드로가 다쳤대요. 중상이래요.

곤잘로   페드로! 그 앨 살려라! 내자식, 착한 내 자식
을! 페드로가 다쳐! 누가 그러더냐?

시빌라   세바스티안 아저씨 하인이 뛰어 들어오더니
자기 주인이 여기 있나 찾았어요.

곤잘로   세바스티안은 어디 갔지? 애가 움직이질 않는
구나!

시빌라   제가 그걸 어떻게 알아요?

곤잘로   포도주 좀 가져와라, 시빌라, 포도주! 카밀라,
포도주! 내 딸이! 내 딸이!

크루간티노   (감동되어 혼잣말로) 가엾은 사람! 그건 당
신의 업보요. 당신의 어리석은 행동이 낳은 업보
야. 이 천사처럼 착한 사람아!

곤잘로   포도주!

시빌라   (포도주도 안 가져오며, 놀라서) 어머나!

곤잘로   포도주!

시빌라   어머!

곤잘로   너 이상하구나?

　　　　　(세바스티안, 경찰)

세바스티안   여기다! 저자를 붙잡아라!

크루간티노   나를?

세바스티안   그래, 너다! 순순히 따라라!

곤잘로   어떻게 된 거야?

크루간티노   (그의 의자를 넘어뜨리고 식탁 뒤, 클라우디네 뒤
　　　　　로 가서 버티고 서더니, 주머니 속을 뒤져 휴대용 피스톨
　　　　　한 쌍을 꺼낸다.) 내 곁에 가까이 오지 마시오! 나
　　　　　는 사람을 해치는 걸 원치 않소. (세바스티안을 향
　　　　　해 걸어가기 시작하면서) 이 피스톨이 장전되어 있다
　　　　　는 것을 알려주기 위해서! (그는 천장을 향해 한 방
　　　　　쏜다. 세바스티안은 피한다. 크루간티노는 한 손엔 검을
　　　　　꺼내 들고 다른 한 손엔 피스톨을 들고 있다.) 나를 추
　　　　　적하는 자에게는 총을 쏠 것이다! (그는 의자 위를
　　　　　뛰어넘더니 칼을 휘두르며 사람들 틈을 뚫고 밖으로 빠져
　　　　　나간다.)

세바스티안   (밖에 있는 사람들에게) 잡아라! 그자를 잡
　　　　　아! 쫓아가라! 자, 그자의 뒤를 쫓아가자! (그는
　　　　　앞장선다.)

클라우디네   (총소리에 놀라 미친 듯이 주위를 돌아본다.) 죽

었어요! 죽었어! 소리 들으셨죠? 그 사람들이 페
드로를 쏘아 죽였어요. (벌떡 일어난다.) 총으로 쏘
아 죽였어요. 아빠! (울면서) 아빠가 그 사람들을
집으로 들여놨어요. 그 사람들이 페드로를 어디
로 데려갔나요? 그 사람들은 어디로 갔지요? 여
기가 어디예요? 페드로! (그녀는 다시 안락의자에 쓰
러진다.)

곤잘로 애야! 내 딸아! (카밀라와 시빌라에게) 너희들은
거기 서서 구경만 하고 있는 거니! 애, 시빌라,
내 열쇠다. 위에 가서 내 향유 좀 가져오너라. 카
밀라, 너는 빨리 지하실에 가서 제일 독한 포도
주 좀 가져오고! 클라우디네야! 애야!
(클라우디네는 정신이 나간 채 말없이 일어나 자기 아버
지에게 손을 내밀더니 다시 주저앉는다. 곤잘로는 안절부
절못하고 자기 딸 앞에서 왔다갔다한다.)

세바스티안 (등장) 녀석은 악마처럼 미친 듯이 사람들
틈을 빠져나갔어! 너무 그러지 말게, 곤잘로, 제
발 부탁이야.

곤잘로 오! 내 딸!

세바스티안 놀라서 그런 거야. 곧 괜찮아질 걸세.
내게 자네 하인들과 말을 내주겠나?
녀석을 뒤쫓아갔으면 하는데.

곤잘로 자네 좋을 대로 하게.

클라우디네 세바스티안 아저씨!

세바스티안   다시 오마, 애야.

클라우디네   페드로 말예요! 그이가 죽었나요?

세바스티안   저 애가 정신이 들었다 나갔다 하는군. 저
애를 돌봐주게, 난 가봐야겠어. (퇴장)

곤잘로   (딸을 안락의자로 데려가면서) 안심해라, 애야.

클라우디네   아저씨는 가셨지요. 페드로가 죽었는지 살
았는지 제게 말씀도 안 해주시고요? 아! 기운이
없어요. 제 가슴이 터질 것 같아요.

(시빌라가 온다.)

시빌라   여기 향유 가져왔어요.

클라우디네   많이 다쳤다고 했지? 사로사에서라고?

곤잘로   누구 말이니?

시빌라   페드로요!

곤잘로   어떻게 된 거니?

시빌라   아! 그 북새통에 정신을 못 차리겠네! 이거
원! 그러니까 세바스티안 아저씨의 하인이 뛰어
들어와 자기 주인이 계시냐고 물었어요. 그런데
아저씨가 안 계셔서 못 만나니까, 페드로가 중상
을 입고, 사로사의 여관에 있다는 말을 남기고
가버렸어요! 그러고 나서 바로 세바스티안 아저
씨가 경찰하고 같이 우리 손님을 잡으러 온 거지
요. 그 손님은 총을 쏘아대면서 번개처럼 빠져
도망갔고 언니는 벌써 기절해 있었구요. 저도 현
기증이 나네요. (앉는다.) 저도 몸이 좋지 않은 것

같아요.

(카밀라가 포도주를 들고 온다.)

곤잘로   이리 다오. 한 방울 마셔라, 클라우디네야!
시빌라에게도 한 잔 줘라! 그 애도 하얗게 질려
있구나!

카밀라   전 열병에 걸린 사람처럼 이가 다 덜덜 떨려
요. 전 한 번 이런 일을 당하면 오랫동안 온 몸이
떨려요.

곤잘로   너도 한 잔 마셔라! 향유로 관자놀이를 문질러
라! 시빌라, 좀 발라줘라.

카밀라   (앉는다.) 이젠 못 견디겠어요!

클라우디네   아빠! 페드로가 많이 다쳤대요. 세바스티
안 아저씨는 제 말도 들어보지 않고 그냥 가버리
셨어요!

곤잘로   페드로가 다쳤다는 얘기를 아무도 그 아저씨한
테 해주지 않았던 거야.

카밀라   시끄럽기도 하고 겁도 나고 해서 얘기 못했어
요.

클라우디네   지금 아무도 그이를 돌봐주는 사람이 없을
거예요.

곤잘로   페드로가 조금 다친 걸 가지고 넌 너무 끔찍스
럽게 생각하는구나! 팔을 좀 찔려서 작은 상처가
하나 난 것뿐이란다. 애야. 남자한테 그게 뭐 대
수로우냐? 안심해라! 내가 사로사에 급히 사람을

보내마!

카밀라   하인들과 말이 모두 다 세바스티안 아저씨와
함께 갔는데요.

곤잘로   제기랄!

클라우디네   오, 저 윗마을 사람들 중에서 누굴 보내면
되잖아요.

시빌라   그렇지만 누가 밤중에 강을 건너갈 수 있겠어
요? 나룻배가 저 건너쪽에 있으니 말예요. 모든
게 다 저쪽으로 가버렸단 말예요.

곤잘로   내일까지 참아라, 애야, 그리고 이젠 가 자야
겠어.

클라우디네   조금만 더 놔두세요. 마음이 진정될 때까
지요. 지금은 잠이 올 것 같지 않아요. 하지만!
아빠는 피곤하실 거예요. 아빠 건강을 생각하세
요.

곤잘로   난 괜찮다!

클라우디네   너희들이 내 마음을 진정시켜 주렴!

곤잘로   그럼 얘들아, 너희들이 내 대신 언니 옆에서
지켜 주어라! 제발 언니 곁을 떠나지 마라! 클라
우디네야, 내일 아침이나 돼야 페드로 소식을 받
을거다, 얘들아, 밝을 녘에 나를 깨워라. 잘 자
라, 애야, 곧 가서 누워라! 카밀라, 불 좀 비춰다
오! 잘 자거라! (카밀라와 함께 퇴장)

(클라우디네 · 시빌라)

시빌라   (얼마간 지난 후에) 머리가 깨어지는 것 같아.
　　　　무릎은 흐물흐물 힘이 없고 낮은 그렇게 좋았는
　　　　데 그 밤은 이렇게 끔찍하다니!

클라우디네   얘들아! 난 너희들까지 잠을 못 자게 할
　　　　순 없어.

시빌라   하지만 숙부님께서 언니 곁을 떠나지 말라고
　　　　하셨는데?

클라우디네   괜찮아! 아버지께는 아무 말도 안 하면 그
　　　　만이야. 올라들 가서 눕기라도 하렴. 옷 입은 채
　　　　로라도 누워 있기만 해도 좀 휴식이 될 거야. 아
　　　　버지가 오시기 전에 너희들 모두가 깨어 있으면
　　　　되니까 - 나를 제발 이대로 놔둬!
　　　　(카밀라가 온다.)

시빌라   언니가 우리보고 가서 자라고 하는데?

카밀라   어머! 언니, 고마워요! 난 피곤해서
　　　　못 견디겠어요!

시빌라   우리가 먼저 언니를 침대로 데려다 줄게.

클라우디네   제발 그만둬! 내 방은 바로 이 옆인걸,
　　　　뭐. 그리고 우선 여기서 좀더 쉬어야겠어.

시빌라와 카밀라   그럼 언니 잘 자!

클라우디네   잘 자라! (시빌라와 카밀라 퇴장) 이제 너희들
　　　　은 다 간 거지? 어지러운 내 마음을 이제 자유롭
　　　　게 해도 되는 건가? 페드로! 페드로! 이 얼마 되
　　　　지 않는 순간에 나는 내가 얼마나 당신을 사랑하

고 있는지 알았어요! 아, 그 모든 것이, 숨겨져
있던, 여태껏 나 자신에게도 숨겨져 있던 정열이
갑자기 밀려왔어요! - 당신은 어디 계세요? - 그
리고 당신은 내게 어떤 존재일까요? - 죽은 거예
요, 페드로? - 아니, 부상당했어요? - 돌봐주는
사람 하나 없이? - 부상당한 거죠? - 당신한테 -
당신한테 가고 싶어요! - 그토록 성실하게 나를
태우고 사냥 나갔던 나의 백마, 지금 네가 여기
있다면 얼마나 좋겠니? 아아 머리야! 가슴이 타
는구나! 이게 문제가 아니야, 이건 아무것도 아
니야. (식탁 위에서 정원 열쇠를 발견하고) 아, 이 열
쇠는? 신이 내게 이걸 보내셨구나 - 정원의 작은
문을 통해 테라스 뒤로 가서 아래로 내려가는거
야, 그러면 난 30분 후면 사로사에 도착해! - 숙
소는? - 찾을 수 있겠지! - 그런데 이런 옷을
입고, 이 밤중에? - 사촌 남동생의 옷이 아직 내
게 있을 거야. 그 애의 파란색 재킷이 나한테 딱
맞았었지? - 그래, 그 애의 검도 있을 거야. - 사
랑이 나를 지켜주니, 아무런 위험도 없어! - 그
러다가 도중에서 어떻게 되면? - 안 되겠어. 그
런 모험은 못하겠어! 이렇게 혼자서는! 그리고
사촌동생들이나 아버지가 깨시면 어쩌지? - 하지
만 페드로, 당신은 피를 흘리며 누워 있을 텐데!
마지막 숨을 몰아쉬며 클라우디네를 부르고 있을

지도 몰라! 가겠어요, 내가 가겠어요! - 내 영혼
이 당신께 가 있는 것 같아요! - 당신이 누워 있
는 옆에 엎드려, 울며 탄식하고 싶어요, 페드로!
당신의 얼굴을 한번 보기만이라도 한다면, 당신
의 손목에서 당신의 맥박이 아직 뛰고 있다는 걸
느낄 수만 있다면, 그이의 희미한 맥이 내게, 그
이가 아직 살아 있고 여전히 너를 사랑한다고 말
해 준다면! 그이에게 붕대를 매어주는 사람이 아
무도 없나요? 그이의 피를 멈추게 해주는 사람
이?

　　마음이, 아, 내 마음이,
　　절망하려 하네!
　　참아야 할까?
　　달아나야 할까?
　　감행해야 할까 ?
　　그곳으로 가야 할까?
　　마음아, 내 마음아,
　　그만 망설이렴!
　　난 감행하려네!
　　난 가야 하네!

새벽녘
사로사의 여관 앞

크루간티노   (팔 아래 칼을 끼고 있다.) 그렇다면 바스코의 말이 맞았나? 사람들이 나를 쫓고 있다고 했지? 이 친구는 대체 어디 처박혀 있는 거야? 그 사람들은 내 곁을 지나친 채 달려가 버렸지. 쳇! 당신네들보다야 내가 숲을 더 잘 알지. 게다가 특별난 탐정도 없으면서 뭘. 그리고 아무리 명탐정이라도 우리를 못 찾을걸. (누군가 여관문을 두드린다.) (한 소년이 나온다.)

소 년   나리!

크루간티노   바스코 씨 집에 와 있나?

소 년   예, 나리. 어떤 부상당한 사람과 함께요. 그 사람은 방에 누워 있어요. 그리고 바스코 씨는 곧 또 나가셨어요. 그리고 제게, 혹시 낯선 사람이 오면 경계하라고 했어요. 그리고 나리께 말씀드리라고 하시던데요. 미르몰로로 가신다구요. 그런 데가 어디 있는지 모르겠어요. 그 아저씨가 농담으로 그러신 것 같아요.

크루간티노   됐다! 들어가서 잘 지켜라! (소년 퇴장) 미르몰로! 빌라 벨라에 대한 우리의 암호지! 빌라 벨라로 갔구나, 바스코! 알았어! — 세바스티안! 그 세바스티안이란 사람은 누구지? 그는 내게 무슨 반감을 갖고 있는 걸까? 곧 모든 게 분명해지겠지, 모든 걸 이겨낼 수 있을 거야. 네 치터를 버리고 오지만 않았으면 좋았을걸! 그건

몰염치한 짓이야. 그 때문이라면 네가 개 같은
자식한테 따귀를 얻어맞는다 해도 싸지! 네 치터
가 어떤 건데! 그걸 생각하면 미치겠어! 친구와
함께 궁지에 빠져 있다가, 자기는 그곳에서 빠져
나오면서 제 친구는 그냥 내버려 둔다면, 그런
녀석더러 사람들이 뭐라고 하겠어? 에잇! 망할
자식! 퉤! 게다가 네 치터로 말할 것 같으면 친
구 열보다 더 값진 너의 반려자이자 놀이친구이
며 네 애인들이 다 거쳐 가도록 여전히 변함없는
애인이란 말야! 그리로 다시 가보면 어떨까? 탐
정들도 사라졌으니까! 좋아! 내가 거기 가 있으
리라고는 아무도 생각 못할 거야! 그래! 기막힌
생각이야! 그거 멋진 일이겠는데! 그 집은 지금
엉망일 텐데 – 아, 그리고 가엾은 클라우디네!
이거 경박한 모험 같기도 한데. 그래도 가자! 우
선 치터를 구해야지, 그리고 나머지는 잘 되겠
지!

(그는 길 한편으로 올라가고, 이때 남장을 한 클라우디네
가 길 다른 쪽에서 온다.)

클라우디네   이제 다 왔구나! 아, 여기가 사로사구나!
그리고 저기가 그 여관이겠지! 다리가 막 떨려
더 이상 걸을 수가 없네!

(여관 맞은편에 있는 어느 집 앞 벤치에 앉으며)

크루간티노   귀신인가! 잘 차려 입은 저 소년은 이 밤

중에 여기서 뭘 하려는 거지? 모험의 연속이로
군!

좀 눈여겨봐야겠다.

클라우디네   어머나, 무슨 사람 소리가 들리지?

크루간티노   여보시오!

클라우디네   이제 끝장이구나!

크루간티노   겁내지 마시오! 당신은 정직하고 점잖은
사람을 만난 거요! 뭐, 내가 도와드릴 일이라도
있나요?

클라우디네   괜찮습니다. 그러니 제발 나를 내버려 두
세요!

크루간티노   이게 누구 목소리지! (손을 잡으면서)
맙소사, 이게 누구 손이야?

클라우디네   놓으시오!

크루간티노   클라우디네!

클라우디네   (벌떡 일어나면서) 하! 신사양반! 우리 아버
지의 융숭한 대접을 받으신 분이시군요! 제발 부
탁이니, 날 내버려 두세요! - 맙소사!

크루간티노   아름다운 아가씨! 참으로 아름다운 아가
씨, 여기서 다시 그대를 만나다니!

클라우디네   맙소사! 아, 맙소사!
쓰러질 것 같구나!

크루간티노   위험한 밤에 이렇게 대담할 수가?

클라우디네   선하신 하느님!

　　　　　저를 보호하소서!

크루간티노　　(그녀의 손을 잡으며)

　　　　　이렇게 혼자! 이런 밤에!

　　　　　이렇게 아름다운 아가씨가!

클라우디네　　(그를 뿌리치며)

　　　　　날 보내 줘요! 가게 해줘요!

크루간티노　　물어봐도 되겠소?

　　　　　알려주겠소?

　　　　　어떻게 그대가 집을 빠져나와

　　　　　바로 내 뒤를 따라왔는지?

　　　　　그렇게 생각해도 되겠소?

클라우디네　　이 무슨 치욕이란 말인가!

함　께　　그렇게 생각해도 되겠소?

　　　　　이 무슨 치욕이란 말인가!

페드로　　(창가에 귀를 기울이며)

　　　　　아니! 내가 꿈을 꾸고 있나?

　　　　　클라우디네의 목소리를 들었어!

크루간티노　　(무릎을 꿇으며)

　　　　　지상의 여신이여!

클라우디네　　(그를 밀어내면서)

　　　　　이렇게 뻔뻔스러워져도 되는 건가요?

크루간티노　　들어봐요, 아름다운 아가씨! 단 한 마디

　　　　　만! 자, 여기는 안전한 곳입니다.

클라우디네　　내 눈앞에서 사라져, 이 악한!

하, 아직도 이 마음을 모르는군!

크루간티노   (그녀를 향해 돌진하며)

그만해 둬요!

그러지 말아요!

클라우디네   (칼을 뽑아 그에게 들이대며)

죽일 거야!

가까이 오면!

크루간티노   (그녀를 붙잡아 데리고 가면서)

오, 아름다운 분노여!

아가씨는 내 꺼야!

클라우디네   (그의 팔에서 저항하면서) 안 돼!

여보세요! 저 좀 도와주세요!

페드로   (창문에서 뛰어내린다.)

그 여자다! 바로 그 여자야!

클라우디네   (크루간티노가 그녀를 막 여관으로 데리고 들어

가려 하는데)

사람 살려! 사람 살려!

페드로   (문 아래쪽에서, 칼을 왼손에 들고)

멈춰라! 멈춰!

클라우디네   페드로!

페드로   클라우디네!

두 사람   천만다행이에요!

크루간티노   (클라우디네를 내려놓지만, 그녀의 손을 꽉 잡고

칼을 뽑아들고 약간 물러나, 칼을 그녀의 가슴에 들이댄

　　　다.)
　　　그렇게 서두를 것 없어!
　　　물러서요, 당신은! 물러서요!
두 사람　하느님!
크루간티노　날뛰지 마시오!
　　　그렇지 않으면 이 여자는 죽는 거요!
페드로　그 여자에게서 칼을 치우시오!
　　　내게 겨누시오!
크루간티노　물러서! 물러서시오!
두 사람　하느님!
크루간티노　이 여자의 가슴에서
　　　피가 흐르는 걸 볼 작정이오!
페드로　무서운 광기군!
　　　당신 발 아래 엎드린 나를 보시오!
크루간티노　흥분을 가라앉히시오!
페드로　칼을 치우시오!
크루간티노　이 여자가 죽는다는데도!
페드로　내 간청을 들어주시오!
크루간티노　물러서요! 물러서!
두 사람　하느님!
바스코　(멀리서)
　　　이게 웬 소란이지,
　　　아우성 소린가?
　　　열이 오른 주정꾼들이

저렇게 화가 나서 싸우는 소린가?

크루간티노   (그의 소리를 들으며) 바스코!

바스코   (얼굴을 찡그리며 대답하고는 밤꾀꼬리 흉내를 낸다.)

타라스코!

티틸릴리리!

크루간티노   이 부상자를 끌고 가!

이자가 여기서 우리를 방해하고 있다.

페드로   (바스코를 위협하며)

저리로 가게 나를 놔둬!

크루간티노   (클라우디네를 데려가면서)

저자는 미쳐 날뛰고 있어!

바스코   (페드로의 손에서 칼을 뺏으며)

자, 침대로 가시지!

클라우디네   (강제로 크루간티노에게 끌려간다.)

나를 구해 줘요! 구해 주세요!

(모두 다 같이)

(합창이 진행되는 동안 크루간티노는 클라우디네를 데리고 거의 사라져 간다. 페드로가 미친 듯이 날뛰면서 대충 바스코의 머리를 잡고 뛰어올라 그를 바닥에 쓰러뜨리고는 그를 타넘어 클라우디네의 가슴에 칼을 대고 있는 크루간티노에게 돌진한다. 그들은 서고 음악도 멈춘다.)

경 찰   (멀리서)

이쪽이다! 이쪽에서

싸우는 소리가 들린다!

다른 사람   거지와 깡패들이군!

　　　저 떠드는 소리 좀 들어봐!

크루간티노   (클라우디네를 놓아주면서. 바스코와 그는 경찰

　　　과 맞서 싸운다.) 바스코, 칼을 잡아!

경 찰   (덤벼들며)

　　　하, 꽤 용감한데!

페드로   (클라우디네에게, 그녀를 붙잡으며)

　　　빨리 이곳을 떠나요!

클라우디네   (페드로의 팔에 쓰러지면서)

　　　아, 정신이 없어요!

경 찰   (페드로와 클라우디네를 정지시키며)

　　　잠깐!

페드로와 클라우디네   (탄식한다.) 아, 아!

경 찰   (크루간티노와 바스코의 무기를 빼앗으며)

　　　순순히 따라!

크루간티노와 바스코   아, 이런 수치를!

　　　(합창)

경 찰   (모두 데리고 나간다.)

　　　나를 따라와!

페드로와 클라우디네   (탄식한다.) 아, 아!

경 찰   무법자들 같으니라구, 순순히 따라와!

크루간티노와 바스코   수치다! 수치야!

좁은 감방

(페드로와 클라우디네)

(클라우디네는 두 손과 머리를 절망적으로 벽의 튀어나온
부분에 기대며 바닥에 무릎을 꿇는다.)

페드로　　오, 괴롭히지 말아요,
　　　　그대의 아름다운 영혼을,
　　　　그대의 아름다운 영혼을 괴롭히지 말아요!

클라우디네　(페드로로부터 몸을 돌리며)
　　　　내 가슴은
　　　　고통스런 불안으로,
　　　　내 가슴은 고통스런 불안으로
　　　　찢어질 것 같아요!

페드로　　오! 괴롭히지 말아요,
　　　　그대의 아름다운 영혼을,
　　　　그대의 아름다운 영혼을 괴롭히지 말아요!

클라우디네　(무릎을 꿇은 채 몸을 일으켜 세우며)
　　　　하느님, 저의 탄식을 들으소서!
　　　　저는 괴로움으로 죽어갑니다.
　　　　제겐 인생이 모두 다 혐오스럽습니다.

페드로　　당신 앞에선 모든 괴로움이 사라져,
　　　　어둠은 빛이 되고,
　　　　이 감옥은 궁전이 됩니다.

(그는 그녀를 일으켜 세우려 한다. 그러자 그녀는 벌떡
일어나 그를 뿌리친다.)

클라우디네   잔인한 사람! 원수 같은 사람!
당신은 내 생명을 단축시키고 있어요.

페드로   오, 자비로우신 하느님!
제가 바라는 것이 이루어지도록 도와주소서!

클라우디네   아버지! - 이 불쌍한 딸 때문에! -
얼마나 괴로워하실까!

페드로   하느님, 저희를 불쌍히 여기소서.
마음을 위로하여 주소서!
(열쇠가 딸랑거리는 소리가 들린다.)
(세바스티안·옥지기)

옥지기   여기 당신이 찾는 사람이 있는지 보시지요. 여
기 없으면 저쪽 칸에도 또 두 사람이 더 있으니
까요.

세바스티안   페드로!

페드로   (그의 목을 감으며) 아저씨!

세바스티안   저 사람은 누군가? 자네 친구인가?

클라우디네   어디에라도 숨어버렸으면!

세바스티안   내가 무엇에 홀린 건가?

클라우디네   괴롭구나!

페드로   너무도 순결한 여인이여!

세바스티안   몹시 창백해 보이는구나! 클라우디네, 네
가 클라우디네 맞니? - 클라우디네 -

클라우디네   저를 비참한 상태로 내버려 두세요! 저는
　　　　　　밝은 대낮도, 그리고 당신들도 모두 다시 보고
　　　　　　싶지 않아요.

세바스티안   페드로, 한 마디만 해주게. 납득할 만한
　　　　　　말 한 마디만! 어떻게 여기까지 오게들 되었나?
　　　　　　도무지 알 수가 없네.

페드로   좀 싸웠습니다. 그러다가 팔에 부상을 입고
　　　　　　이곳까지 오게 되었지요. 새벽녘쯤 되었을 거예
　　　　　　요. 제가 여관방 침대에 누워 단잠을 자고 있는
　　　　　　데, 클라우디네의 목소리가 들렸어요, 사람 살리
　　　　　　라고 외치는 소리가 말에요. 그래서 뛰어 내려가
　　　　　　보니까 클라우디네가 어떤 경을 칠 녀석과 싸우
　　　　　　고 있잖아요. 클라우디네를 구하려다가 함께 갇
　　　　　　히게 된 겁니다.

세바스티안   그러니까 이 귀여운 아가씨와 함께?

클라우디네   물어 보나 마나죠.

세바스티안   넌 페드로가 사고를 당했다는 소리를 들었
　　　　　　구나. 그래서 여린 마음에 -

페드로   클라우디네를 가만 내버려 두세요! 몹시 흥분
　　　　　　하고 있어요.

세바스티안   난 자넬 찾아온 게 아니라, 자네 형을 찾
　　　　　　으러 온 거야. 밤새 추적했거든, 그런데 여기 갇
　　　　　　혀 있다는 소릴 들었어.

페드로   여기에요? 그러고 보니 갑자기 생각나는 게 있

　　　어요!

세바스티안　착각이겠지!

페드로　내게 상처를 입히고 클라우디네를 위협하던 그
　　　사람이 바로! - 맞아, 바로 그 사람이에요!

세바스티안　어디 알아보세! (소리친다.)
　　　여보게, 옥지기!

옥지기　예, 나리!

세바스티안　저쪽에 또 두 사람이 더 있다고 했지. 그
　　　사람들을 좀 데려오게!

옥지기　곧 대령시키겠습니다. 나리!

페드로　오, 그 사람이 내 형이라면!

세바스티안　그자가 자네한테 상처를 입혔다며?

페드로　제게 상처를 입혔고, 이 천사 같은 아가씨를
　　　위협했지요! - 그런 사람이 내 형이라면!

클라우디네　저희는 그 사람을 용서하려 했어요. 아,
　　　페드로, 고통스럽다는 것 말고는 아무것도 느낄
　　　수가 없어요.

세바스티안　가만히 있어봐, 바보 같으니라구! 일이 묘
　　　해지는구나. 기다려 볼 수밖에!
　　　(앞장면에 나왔던 사람들. 옥지기·크루간티노·바스코·
　　　클라우디네를 위해 의자가 하나 나온다.)

옥지기　나리, 이놈들이 바로 제가 말씀드린 그 고상한
　　　녀석들입니다.

세바스티안　크루간티노 씨, 우리가 여기서 서로 만나게

되다니요? 조금 전까지만 해도 우린 다른 곳에서 만났었는데 말에요.

크루간티노   조롱하지 마시오! 내가 여기 있는 것이 당신의 공로는 아니니까.

세바스티안   그래요? 그렇더라도 어쨌든 내겐 큰 영광이요. 크루간티노 씨를 여기서 만나게 되었으니 말이요. 이게 당신이 가진 유일한 이름인지 물어봐도 되겠소?

크루간티노   당신이 내 재판관이 되고, 그에 대한 대답이 내게 중요하다고 생각되면, 그때 대답하겠소.

세바스티안   그것도 좋겠지! 한데 자네는 사람들이 말하는 대로 이름이 바스코인가?

바스코   예, 요즘은요. 편하신 대로 부르십시오.

세바스티안   여기 계신 이 고귀한 기사의 친구인가?

크루간티노   하, 노인장, 말이 많으시군!

세바스티안   내게 하는 소리요?

크루간티노   나는 붙잡힌 몸입니다. 그러니 당신의 그 빛나는 검은 꽂아두시지요. (페드로에게) 형씨, 난 형씨보다 더 어려운 입장에 있소. 우선 난 전혀 아무 이유도 없이 형씨에게 상처를 입혔고, 또 내 잘못 때문에 형씨가 붙잡혔으니, 나를 용서하시오.

페드로   기꺼이 용서하지요! 더구나 내가 천 번인들 용서하지 못할 이유가 뭐겠소! 당신이 괴롭힌 이 천사 같은 아가씨도 당신을 용서하는데 말이오!
당신을 용서하겠소. 어차피 그걸 속죄할 수 있는
길은 전혀 없을 테니까!

크루간티노   내 죄를 확대하지는 마슈. 나는 내가 진
죄만큼만 질 거니까. 그렇지만 솔직히 말해 보시
오. 어느 정도 모험을 감당할 줄 아는 어떤 사람
이, 하늘의 보호만을 믿고 밤에 혼자 나선 아름
다운 아가씨를, 더욱이나 전부터 원했고 흠모했
던 아가씨를 보았을 때, 그렇게 쉽게 놔줄 수 있
겠소?

클라우디네   이토록 나를 모욕할 수가! 저 사람의 말이
옳아요! 오, 내 사랑!

페드로   난 이 세상에서 가장 행복한 사람이오.

세바스티안   그렇다면 자네는 농부가 소매 끝으로 코를
닦듯이, 그렇게 모든 것을 쉽게 처리할 수 있다
고 생각하는 건가? 사람이 양심이 있어야지.

크루간티노   처음엔 재판관 노릇을 하더니 이젠 또 고해
신부군요.

세바스티안   내 마음대로라면, 난 의사 노릇하겠는걸.
자네 피를 좀 뽑아봤으면. 고귀한 가문의 피는
어떻게 생겼나 궁금해서 그래.

크루간티노   고귀한 가문의 피라구요, 노인장? 귀족의
피라구요? 당신의 매부리코는 옛날 집안도 알아
보나 보죠. 하지만 내 혈통도 당신네 혈통에 부

끄러워할 필요는 없을 겁니다. 귀족의 피라구요?

세바스티안   저놈의 혀를 뽑아내라! 카스텔베키오 가문을 모욕하는 말을 하는 저놈의 혀를!

크루간티노   카스텔베키오라구? 탄로났군!

세바스티안   이 귀족 가문의 명예를 훼손하는 네놈에게 무슨 벌을 주어야 하지?

크루간티노   우라질!

세바스티안   세바스티안 폰 로베로를 모르겠나? 자네는 이제 내 무릎에 앉았던 그 알롱소가 아니란 말인가? 자넨 자네 아버님과 가문의 희망이었지! 자네가 이젠 나를 모른단 말인가?

크루간티노   세바스티안?

세바스티안   그래 바로 나야! 네가 얼마나 끔찍한 괴물인지, 그런 소리 듣지 않으려면, 잠자코 있거라!

크루간티노   관용을 베풀어 주세요! 저도 사람입니다.

세바스티안   지난 얘기는 하지 마세, 이 딱한 사람아! 지금 자네 앞에 있는 것이나 좀 보세나! 자넨 이 귀족 청년에게 상처를 입히고, 이 청년의 애인이며 신부가 될 아가씨를 아버지 품에서 빼냈지? 이 아가씨의 아버지는 딸의 이런 행동을 결코 용서하지 않을 거란 말씀이야. 그리고 이젠 이 사람들이 자네의 악한 행동에 휘말려 이 감옥에까지 오게 만들었겠다! 이 지극히 착하고 활달하고 관대한 청년을! - 자네 동생을!

크루간티노　동생이오?

페드로　(크루간티노의 목을 얼싸안으며)

　　　형! 형님!

세바스티안　페드로 폰 카스텔베키오네.

크루간티노　제발 저를 가만 내버려 두세요! 제발! 저
　　　도 느낄 줄 아는 사람입니다. 여러분께 충격적인
　　　것은, 제게도 마찬가지로 충격적인 거예요! 내
　　　동생이라니, 견딜 수 없는 일이군! 아니 그만두
　　　자! 난 그저 내게 네가 있다는 것, 네가 내 동생
　　　이라는 것만 느끼고 싶구나. 여기 있는 이 청년
　　　이 - 페드로라구? 얘가 내 동생이라구?

세바스티안　이렇게 된 것도 자네 때문이야. 우리가 자
　　　네 뒤를 밟아 마침내 자네를 찾을 실마리를 대충
　　　잡게 되자, 내가 자네를 잡으려 한다는 것을 자
　　　네 동생이 듣고는 그 길로 마드리드를 떠나버린
　　　거야.

페드로　전 아저씨의 엄격함이 무서웠어요. 세바스티안
　　　아저씨는 좋게 대하면 좋은 사람이지만요.

크루간티노　당신들이 나를 잡으려고 나섰다구요? 내
　　　게서 무엇을 원하시는 겁니까? 나를 어쩔 셈이에
　　　요? 세상 사람들의 시시껄절한 분노에다 가문의
　　　수치를 생각해서 그것을 면키 위해 나를 탑 속에
　　　가두려는 거요? 자, 나를 잡으시오! - 하지만 당
　　　신들은 어떻게 했지요? 당신들은 내게 아무런 죄

　　　도 없단 말입니까?

세바스티안　　좀더 잘 행동할 수도 있을 텐데!

크루간티노　　미안하지만 아저씨께서는 그 말의 뜻을 전
　　혀 이해하지 못하고 계십니다! 행동한다는 말이
　　무슨 뜻이지요? 아저씨께선 저와 같은 젊은 가슴
　　의 욕구를 아시나요? 젊은 미친놈이라구요?
　　아저씨의 세계에서 제가 설 인생의 무대가 어디
　　에 있을까요? 당신네들의 시민사회가 제겐 참을
　　수가 없어요! 제가 일하려고 하면, 저는 노예가
　　되어야 하지요. 제가 즐거우려면, 저는 노예가 되
　　어야 해요. 어느 정도 가치가 있는 사람이려면
　　차라리 넓은 세계로 나가야 하지 않을까요? 용서
　　하십시오! 저는 다른 사람의 의견을 듣는 것을
　　좋아하지 않아서요. 아저씨께 제 의견을 말씀드
　　리는 것을 용서하십시오. 그 대신 고백도 하죠,
　　한번 방랑생활과 관계를 맺은 사람은 더는 아무
　　목표도, 아무런 절제도 없다는 것을 말입니다. 힘
　　이 미치는 한, 우리의 가슴은 – 아, 우리의 가슴
　　은 무한하니까요!

페드로　　사랑하는 형님! 형님께는 우리 사랑하는 가족
　　의 테두리가 너무 좁다는 말씀인가요?

크루간티노　　제발 나를 내버려 둬! 네가 그런 말을 하
　　는 것을 보는 건 이번이 처음이지. 그리고 –

페드로　　우린 형제잖아요!

크루간티노   난 네게 잡힌 몸이야.

페드로   그 얘긴 그만둬요.

크루간티노   내가 자진해서 그렇게 하는 거야. 그러니
제발 나를 나 자신에게 맡겨 줘. - 언젠가 내가
여러분들과 함께 즐겁게 살 수 있도록! 여러분들
은 내게 그렇게 해주어야 해요.

페드로   이제 이처럼 고귀하고 부드러운 감정을 가진
사람을, 어찌 클라우디네를 죽이겠다고 을러댔던
그 괴물이라고 생각하겠어요?

크루간티노   (웃으며) 클라우디네를 죽이려 했다고?
넌 검으로 내 몸을 찌를 수도 있었겠구나. 내가
감히 이 천사 같은 아가씨의 머리카락 하나라도
잡지 못하도록 말이야.

세바스티안   나를 껴안게, 고귀한 젊은이! 난 이제 방
랑자에게서 카스텔베키오 가문의 혈통을 알아보
겠네!

페드로   그런데도 형님이 사람들을 불안하게 했다니 -

크루간티노   그래! 난 아주 작은 끈으로라도 너희 두
연인을 맺어줄 수 있으리라는 것을 알고 있었으
니까.

세바스티안   착한 젊은이야!

크루간티노   착한 사람들은 다 젊었을 때 착한 젊은이
였다는 말을 못 들으셨어요? 또 그 이상으로 착
했는지도 모르죠?

세바스티안   맞았어!

크루간티노   그리고 또 아저씨 자신도 그랬어요.
　　　　저를 용서하실 수 있겠어요?
　　　　우리 형제가 되자!

클라우디네   (약한 목소리로)
　　　　당신의 삶을 바꾸세요!
　　　　저와도 형제가 되어주세요.

페드로   난 이미 형을 용서했어요.
　　　　우린 형제잖아요.
　　　　(셋이서)

크루간티노   우리 형제가 되자!

클라우디네   저와도 형제가 되어주세요!

페드로   우린 형제예요.

세바스티안   자, 이제 가자꾸나! 이 감옥에서 나가자꾸
　　　　나. 클라우디네, 얘야, 어디 있니? 가엾은 녀석
　　　　같으니. 별의별 기쁨과 고통을 다 참아냈구나!
　　　　그러니 이제 넌 쉬는 게 좋겠다. 휴식할 시간을
　　　　가져야겠어 - 아니 모든 걸 다 가져야 해! 이리
　　　　오너라! 여기서 아마 가마를 하나 얻을 수 있을
　　　　거야. 그걸 타고 빌라 벨라로 가자!

클라우디네   절대로, 절대로 집으로는 가지 않겠어요!
　　　　수도원으로 가겠어요! 세바스티안 아저씨, 아니
　　　　면 여기서 그냥 죽어버리겠어요. 아버지 앞에 어
　　　　떻게 나가겠어요? 어떻게 햇빛을 다시 보겠어요?

(그녀는 일어나려 하다 다시 털썩 주저앉는다.)

세바스티안   침착해라. 애야! 네가 지쳤구나. 자아, 여
보게들! 가마를 하나 구해 보게. 우린 떠나야 해.
(곤잘로 등장)

곤잘로   그 사람들이 어디 있지? - 세바스티안은 어디
있어? 세바스티안!-

클라우디네   아버지!

(그녀는 기절한다.)

곤잘로   내 딸의 목소린가? - 페드로! 세바스티안!
어떻게 된 거야? 어디 있어? (그녀를 향해 돌진하
며) 클라우디네! 내 딸아!

세바스티안   의사를! 사람 살려! 어서 가라!

크루간티노   맙소사! 아! 숨을 쉴 수가 없구나!

페드로   아, 난 정신이 나갔어!

곤잘로   자네들 모두 여기 있는 건가? 이게 꿈은 아닌
가?

세바스티안 · 크루간티노   (곤잘로와 페드로를 클라우디네에
게서 끌어내며)
이곳을 떠나세!

페드로 · 곤잘로   (세바스티안과 크루간티노를 떼밀며)
저리 비켜!

세바스티안   여보게, 자네 상처를 좀 돌봐야지!

페드로   저를 죽게 내버려 두세요! 클라우디네가 죽었
어요.

곤잘로   맙소사, 나도 너를 따라 죽는다.

크루간티노   저도 고통스러워 죽을 것 같아요.

세바스티안·크루간티노   (아까처럼) 이곳을 떠나세!

페드로·곤잘로   (아까처럼) 저리 비켜!

페드로   우리를 이토록 끔찍하게 파멸시키다니요!
　　　　대체 하느님은 우리의 고통을 보지 못하나요?

곤잘로   아니, 네가 죽다니, 너는 죽을 수 없어,
　　　　아가야, 아니다, 넌 죽지 않았어!
　　　(넷이서)

세바스티안   이 얼마나 처참한 고통인가!

크루간티노   저는 고통으로 죽어요.

페드로   저를 죽게 놔두세요! 클라우디네가 죽었어요!

곤잘로   아가야, 아니다. 넌 죽지 않았어.

세바스티안   이 애가 일어난다!

크루간티노   살았어.

페드로와 곤잘로   클라우디네!

클라우디네   (자기 아버지와 페드로를 물끄러미 바라본다.)
　　　　아버지! 페드로!

곤잘로   내 딸아!

세바스티안   그 아이를 가만 놔두게.

클라우디네   페드로! 아버지!

곤잘로   죽지 마라! 살아야 한다! 살아야 해!
　　　　나를 위해서, 이 고귀한 청년을 위해서!
　　　(페드로는 그녀 앞에 엎드린다.)

세바스티안   그 앨 보살펴야지! 그 앨 보살피게! 그 앤
          자네 사람이야!
페드로   아버님!
곤잘로   이 아이는 자네 사람이네!
합 창   천둥이 더는 포효하지 않고,
          바다의 폭풍우가 잠잠해지면,
          태양도 너희 위를
          비추리니
          영원한 기쁨이여!
          복된 한 쌍이여!

오누이

일막극

등장인물

> 빌헬름 상인
> 마리안네 그의 누이
> 파브리체 빌헬름의 친구
> 우체부

빌헬름   (거래장부와 서류가 있는 탁자 옆에서) 이번 주에 다시 새 고객이 두 명 생겼어! 열심히 일하면 항상 뭔가 소득이 있는 법이야. 별 대수롭지 않은 것이라도 마지막에는 불어나거든. 위험이 적은 사업을 하는 사람은 수입이 적어도 항상 즐겁지. 그러니 조금 손해 본 것은 견딜 만하거든. 뭔가?

(우체부 등장)

우체부   등기편지입니다. 20 두카텐[1]이 들어 있군요. 편지 우표값의 반은 수취인 부담이고요.

빌헬름   편지를 받아 좋구먼! 아주 좋아! 우표값은 외상 장부에 기록해 두게.

(우체부 퇴장)

빌헬름   (편지를 쳐다보면서) 내가 오늘 하루 종일 이 돈을 기다렸다고 말하지 않으려 했어. 그런데 이제 파브리체에게 진 빚을 모두 갚을 수 있고 그의

---

1) 두카텐Dukaten : 13~20세기에 유럽에서 사용했던 금화. 20두 카텐은 200유로에 해당됨.

착한 마음을 더 이상 악용하지 않을 거야. 어제
그는 내게 말했지. 내일 나에게 오겠다고! 그건
내가 원하는 바가 아니었어. 그가 내게 재촉할
줄 몰랐어. 그가 있다는 것 자체가 바로 두 배로
재촉하는 거지. (금고를 열고 돈을 세면서) 옛날 내
사업이 좀 엉망이었을 때는 말없는 채권자들이
제일 견디기 힘들었어. 내게 덤비고, 나를 포위하
는 채권자에게는 몰염치가 통했지. 그와 유사한
모든 짓도 괜찮았어. 그런데 침묵하는 채권자는
내 마음을 무겁게 하니까 가장 집요하게 요구하
는 거지. 그런 사람은 내 처분만 바라기 때문이
지. (그는 돈을 모두 탁자에 놓는다.) 하느님, 엉망인
사업에서 벗어나 이제 다시 탄탄하게 자리잡게
되어 얼마나 감사한지 모릅니다! (그는 책 한 권을
들어올린다.) 저의 작은 사업에 복을 주시다니! 당
신이 주신 많은 선물을 낭비한 저에게. ― 그런데
― 이런 생각을 표현해도 될까? ― ― 그렇지, 하늘
은 스스로 돕는 자를 돕는 거야. 귀엽고 사랑스
런 그녀가 없다면 일일이 손익계산을 하면서 작
은 어려운 일들은 시시하다고 안 했겠지. ― 아,
마리안네! 네가 오빠라고 생각하는 사람이 아주
다른 마음으로, 아주 다른 희망으로 너를 위해
살고 있다는 것을 알아주었으면! ― 그럴지도 모
르지! ― 아! ― 정말 괴롭구나 ― ― 그 앤 나를 사

랑해 - - 그래, 오빠로서만 - 아니야, 그러지 않
을지도 몰라. 또 못 믿는군. 의심은 한번도 좋은
결과를 만든 적이 없는데 말야. - 마리안네! 나
는 행복해질거야. 네가 바로 그 행복이야. 마리안
네!

(마리안네 등장)

마리안네   오빠, 무슨 일로 불렀어요?

빌헬름   안 불렀는데.

마리안네   부엌에서 일하고 있는 나를 불러내다니, 무
슨 심사예요?

빌헬름   뭘 잘못 들었나 보구나.

마리안네   그럴지도 모르죠. 하지만 오빠의 목소리만은
너무 잘 알고 있는걸요.

빌헬름   그런데 부엌에서 뭐하니?

마리안네   비둘기 몇 마리 잡았어요.
파브리체 씨가 오늘 저녁식사 함께 하실 것 같아
서요.

빌헬름   글쎄다.

마리안네   비둘기요리 곧 끝나요. 언제 식사할지 나중
에 말만 해 줘요. 파브리체 씨에게서 오늘 저녁
에도 노래를 배워야 하거든요.

빌헬름   그에게서 뭔가 배우는 걸 좋아하는구나?

마리안네   그분은 노래를 꽤 잘 하거든요. 오빠가 나중
에 우울하게 책상에 앉아 있으면 난 바로 노래를

시작할 거예요. 오빠가 좋아하는 노래를 부르면
오빠가 웃을 거라는 걸 난 알고 있거든요.

빌헬름　그걸 눈치챘구나?

마리안네　그럼요. 남자들에게서 눈치채지 못할 게 뭐
있나요! - 더 할 얘기 없으면 나갈게요. 아직 할
일이 많거든요. 안녕. - 오빠, 뽀뽀해 줘요.

빌헬름　비둘기요리 잘 했으면 후식으로 뽀뽀해 주지.

마리안네　기분 나빠요. 오빠라는 사람들이 그런 거친
말을 하는 건! 내가 파브리체 씨나 어떤 착한 남
자에게 뽀뽀해 주면 기뻐 날뛸 거예요. 그런데
여기 이 아저씨는 내가 입맞추고 싶다 해도 거절
하는군요. - 이제 비둘기 타겠네요. (퇴장)

빌헬름　천사여, 사랑하는 천사여! 그녀의 목을 껴안
고, 그녀에게 모든 것을 털어놓지 못하고 망설이
고 있다니! - 내게 이 보물 같은 아이를 보관하
라고 준 성스러운 여인 샬롯테, 우리를 굽어보고
있소? - 그래, 하늘에 있는 사람들은 우리의 일
을 알고 있어, 우리에 관해 알고 있어! - 샬롯테,
당신이 죽으면서 당신의 딸을 내게 맡김으로써
당신에 대한 내 사랑을 무엇보다 더 훌륭하게,
더 멋지게 보상한 것이오! 당신은 내가 필요한
모든 것을 내게 주었고, 나를 다시 살게 했소! 나
는 그 아이를 당신의 딸로 사랑했소 - 그런데 이
젠 - ! 난 아직도 착각하고 있소. 난 당신을 다시

보고 있는 것 같아요. 운명이 당신을 젊게 하여 내게 다시 주어서, 이제 당신과 함께 하나 되어 살 수 있다는 생각이 들어요. 내 생애 당신과의 그 첫 꿈을 실현시킬 수 없었고, 그렇게 해서는 안 되었던 그런 삶을 말이오! - 이제 저는 행복해요. 행복합니다! 하느님 아버지, 저는 당신의 모든 축복을 받고 있으니까요!

(파브리체 등장)

파브리체   잘 지냈나.

빌헬름   여보게, 파브리체. 난 정말 행복하다네. 오늘 저녁 내게 한꺼번에 좋은 일이 생겼어. 지금은 사업 이야기는 하지 마세나! 여기 자네 돈 300탈러[2]야! 어서 주머니에 집어넣게! 차용증서는 기회가 되면 돌려주게. 그리고 잡답이나 하세!

파브리체   이 돈이 더 필요하다면 -

빌헬름   다시 필요할 때 쓰는 것, 좋지! 자네에게 늘 고마워하고 있네. 하지만 지금만큼은 이 돈 넣어 두게. -

이보게, 오늘 저녁엔 또다시 줄곧 샬롯테 생각이 나더니만 그녀가 다시 살아나 내 앞에 있는 것 같은 생각이 들어.

파브리체   자주 그런 생각 하면서 뭘.

---

2) 탈러Taler : 18세기 중엽까지 독일에서 사용하던 은화.

빌헬름   자네가 그녀를 알았어야 하는 건데! 자네에게
        말이네만 아주 멋있는 사람이었지.

파브리체   자네가 그 여자를 사귀기 시작했을 때, 그녀
        는 미망인이었지?

빌헬름   정말 순수하고 숭고한 사람이었지! 어제 그 여
        자의 편지 중 또 한 장 읽었네. 이 편지를 보는
        사람은 자네가 처음일세. (그는 금고 쪽으로 간다.)

파브리체   (혼잣말로) 제발 지금만큼은 이 친구가 나를
        귀찮게 하지 말았으면! 난 이 이야기를 벌써 너
        무나 자주 들었어! 보통땐 이 친구 말을 즐겨 듣
        기도 하지. 항상 솔직하게 자기 일을 털어놓으니
        까. 오늘만은 내 머리가 온통 다른 생각으로 가
        득 차 있어. 바로 그래서 오늘 이 친구의 기분이
        좋길 바라.

빌헬름   우리가 사귄 지 처음 며칠 동안 있었던 일이
        지. 그녀는 내게 보낸 편지에 이렇게 썼다네. "세
        상이 다시 사랑스러워져요. 나는 세상을 버렸었
        는데, 당신을 통해 세상을 다시 사랑하게 되었어
        요. 마음속에선 그것을 거부하지요. 나 때문에 당
        신과 내가 고통스러워진다고 느끼기 때문이죠. 6
        개월 전에 나는 죽으려고 했어요. 그런데 이젠
        더 이상 아니에요".

파브리체   아름다운 영혼이야!

빌헬름   이 세상은 그녀가 살 만한 곳이 못 되었어. 파

브리체, 난 자네에게 자주 얘기하곤 했지. 그녀를 통해 난 아주 딴 사람이 되었다고 말야. 내가 아버지의 재산을 낭비한 것을 돌이켜 볼 때, 그 고통을 어떻게 묘사해야 할지 모르겠네. 난 그녀에게 구혼할 자격이 없었고, 그녀의 삶을 더 쾌적하게 할 수 없었어. 난 처음으로 내게 필요한 생활비를 떳떳하게 벌어야겠다는 충동을 느꼈어. 하루하루 근근히 옹색하게 살아온 짜증나는 삶에서 벗어나고픈 충동 말야. 나는 일을 했지 - 그런데 그게 무슨 소용이었담? - 나는 낭비하는 생활을 끝내고, 그렇게 힘든 한 해를 보냈지. 드디어 내게 희망의 빛이 보였어. 내 적은 재산이 눈에 띄게 불어났어 - 그런데 그녀가 죽었어 - 나는 그렇게 남아 있을 수가 없었어. 자넨 내가 얼마나 고통스러웠나 상상하지 못할 거야. 나는 그녀와 함께 살았던 곳을 더 이상 볼 수 없었어. 그런데 그녀가 잠들어 있는 땅을 떠날 수 없었어. 그녀는 죽기 바로 전에 내게 편지를 썼어 - (그는 금고에서 편지를 꺼낸다.)

파브리체   멋진 편지야, 얼마 전에 내게 읽어준 편지군. - 여보게, 빌헬름, 자네에게 할 말이 있어 -

빌헬름   난 이 편지를 외울 수 있다네. 그리고 항상 읽고 있어. 그녀의 필체, 그녀의 손이 머물렀던 이 편지를 보고 있노라면 난 다시 그녀가 아직 여기

있다고 생각되는 거야 - 그녀가 - 마리안네의 모
습으로 - 지금도 여기 있구나! 하고 말야. (아이의
울음소리가 들린다.) 마리안네가 쉬질 못하는군! 또
이웃집 사내아이를 데리고 있어. 그녀는 매일 녀
석과 돌아다닌다네. 게다가 적당하지 않은 때에
나를 방해하지. (문 옆에서) 마리안네, 아이하고
조용히 해! 그 녀석 얌전히 굴지 않으면, 보내버
리든가. 우린 할 얘기가 있으니까. (그는 생각에 잠
겨 서 있다.)

파브리체 · 그런 추억들을 그렇게 자주 떠올리지 말게.

빌헬름   이 줄들이야! 이 마지막 행들! 여기에 떠나가
는 천사의 이별의 입김이 들어 있어. (그는 편지를
다시 접는다.) 자네 말이 옳아. 늘상 이 편지를 다
시 읽으며 옛 추억 속에 사는 것은 죄스런 일이
지.
지나간 행복하고, 불행했던 삶의 순간들을 다시
느낄 만한 가치를 가진 사람들이 우리 중에 얼마
나 되겠는가.

파브리체   자네의 운명은 늘 내 가슴에 와 닿는다네.
그녀는 딸 하나를 남겼는데, 그 아인 유감스럽게
도 곧바로 엄마를 따라갔다고 내게 얘기했었지.
그 아이가 살아 있었더라면 자넨 최소한 그녀가
남긴 무엇인가를 가지고 있었을 텐데. 자네의 근
심과 고통이 달라붙어 있는 무엇인가를 말일세.

빌헬름 (힘있게 그에게 몸을 돌리면서) 그녀의 딸이라구? 그앤 귀여운 아이였다네. 그녀는 그 아일 내게 남겨 주었어 - 그건 내겐 너무 가혹한 운명이었어! - 파브리체, 자네에게 모든 것을 다 말할 수 있다면 좋으련만. -

파브리체 언젠가 마음이 내키면 그렇게 하게나.

(마리안네, 아이와 함께 등장)

빌헬름 그러지 못할 이유가 없겠지 -

마리안네 오빠, 얘가 저녁인사 하겠대요! 얘한테 어두운 표정 지어선 안 돼요, 제게두요.

오빠 항상 얘기했잖아요. 결혼하고 싶다고, 그리고 아이를 많이 갖겠다구요. 오빠에게 방해되지 않을 때만 울도록 아이들을 항상 그렇게 끈에 달고 다닐 수 없잖아요.

빌헬름 내 아이들이라면 그렇겠지.

마리안네 그런 차이가 있을지도 모르겠네요.

파브리체 그럴까요, 마리안네?

마리안네 오빠에게 아이가 있다면 너무 행복할 것 같아요! (그녀는 아이에게 몸을 구부려 입맞춘다.) 난 크리스텔이 아주 좋아요! 이 애가 내 아이라면! - 앤 벌써 알파벳을 알아요. 제가 가르치고 있거든요.

빌헬름 그러니까, 네 자식이 벌써 글을 읽을 줄 안다는 거니?

마리안네 물론이죠! 하루 종일 애한테만 매달려 일했으면 좋겠어요. 옷 입히고, 벗기고, 그리고 가르치고, 먹을 것 주고, 씻기는 등, 여러 가지 일을 하면서 말예요.

파브리체 그럼 남편은 뭘 해야지요?

마리안네 남편은 애하고 놀아주면 돼죠. 그이도 저처럼 아이를 좋아할 테니까요. 크리스텔이 인사하고 집에 가야 해요. (그녀는 아이를 빌헬름에게 데리고 간다.) 자, 예쁜 손 내밀어, 예쁜 오른손!

파브리체 (혼잣말로) 정말 너무 사랑스러운 여자야. 사랑을 고백해야지.

마리안네 (아이를 파브리체에게 데려가면서) 이 아저씨께도 인사해.

빌헬름 (혼잣말로) 이 여자는 네 아내가 될 거야! 넌 – 너무 과하지. 난 그럴 자격이 없어. – (큰 소리로) 아이를 데려다 주고, 저녁식사 때까지 파브리체의 말동무해 주렴. 난 이리저리 동네 산보 좀 하고 오겠다. 하루 종일 앉아 있었거든. (마리안네 퇴장) 별이 빛나는 밤에 한 번만이라도 자유롭게 숨쉬고 싶어! – 정말 가슴이 터질 것 같아. – 곧 돌아올게! (퇴장)

파브리체 일을 끝장내, 파브리체! 점점 더 오래 끌수록 더 나아질 게 없어.
솔직히 다 털어놓기로 결정한 거야. 좋아. 아주

좋아! 그녀의 오빠를 계속 돕는 거야. 그런데 그
녀는 - 내가 그녀를 사랑하는 것만큼 나를 사랑
하지 않아. 하지만 그녀도 열렬히 사랑할 순 없
어, 열렬히 사랑해선 안 돼지! - 사랑하는 아가
씨! - 그녀는 아마 내가 그녀에게 친절하다는 것
이외의 다른 생각은 상상치도 못하겠지! - 우리
일은 잘 될 거야, 마리안네! - 원했던 대로, 주문
이라도 한 것처럼 기회가 온 거야! 그녀에게 고
백해야 해. - 그녀가 나를 내치지 않는다면 - 오
빠라는 사람은 내 사랑의 경쟁자가 아니야.

(마리안네 등장)

파브리체   그 꼬마녀석 데려다 줬어요?

마리안네   전 그 애를 여기 데리고 있으면 좋겠어요.
그런데 오빠가 그걸 안 좋아하는 걸 제가 알거든
요. 그래서 그만둬요. 가끔 그 꼬마가 저와 함께
자려고 직접 애써 오빠의 허락을 얻어내기도 해
요.

파브리체   그 아이 성가시지 않아요?

마리안네   전혀 그렇지 않아요. 그 아인 하루종일 난잡
하다가도 침대에 데려가면 순한 양과 같은걸요!
곰살궂은 아이지요! 그러다가 있는 힘을 다해 저
를 껴안아요. 그래서 전 가끔 그 아일 좀처럼 잠
들게 할 수 없지요.

파브리체   (반쯤 혼잣말로) 사랑스런 여인!

마리안네   게다가 그 앤 저를 자기 엄마보다 더 좋아해
           요.

파브리체   당신은 그 애의 엄마이기도 하군요.

마리안네   (생각에 잠긴다.)

파브리체   (잠시 그녀를 쳐다본다.) 엄마란 이름이 당신을
           슬프게 하나요?

마리안네   슬픈 건 아니지만, 그저 그런 생각이 드네
           요.

파브리체   무슨 생각이? 귀여운 마리안네?

마리안네   전, - 아무것도 아니예요. 그저 가끔 이상한
           생각이 들어서요.

파브리체   한번도 엄마가 되어 보고 싶은 적 없었나요?

마리안네   뭘 물으시는 거예요?

파브리체   그렇게 물어보면 안 되나요?

마리안네   한번도 원한 적 없어요, 파브리체 씨. 그런
           생각이 내 머릿속을 지나갔다가도 곧 다시 사라
           져버려요. 오빠를 떠난다는 건 참을 수 없는 일
           일 거예요. - 그건 안 돼요 - 다른 모든 희망이
           아무리 매력적일지라도요.

파브리체   그거 정말 멋지군요! 오빠와 당신이 한 도시
           에서 같이 살아도 오빠를 떠난다는 의미가 되나
           요?

마리안네   그것도 안 돼요! 오빠의 살림을 누가 하겠어
           요? 누가 그를 돌보겠어요? - 하녀와 함께 살라

구요? - 그것도 아니면, 결혼하라구요? - 안 돼
요, 그건 안 돼요!

파브리체   오빠가 당신과 함께 이사할 순 없겠소?
오빠의 친구가 당신의 남편이 될 수는 없겠소?
세 사람이 그런 식으로 행복하게, 더 행복하게
살 수는 없겠소? 그렇게 해서 당신 오빠는 어려
운 사업의 짐을 덜 수 있지 않겠소? 그렇게 살면
얼마나 좋겠소!

마리안네   그렇게 생각해 볼 수도 있겠지요. 그렇게 생
각해 보면 그게 맞아요. 그런데 나중에는 그런
일이 나와 상관없는다는 생각이 들어요.

파브리체   당신을 이해하지 못하겠소.

마리안네   그게 이래요. - 눈뜨면 오빠가 먼저 일어났
는지 엿들어요. 그가 일어난 기미가 안 보이면
난 재빨리 침대에서 일어나 부엌으로 가서 불을
붙이죠. 하녀가 일어날 때까지 물을 충분히 오래
끓입니다. 오빠가 눈을 뜨면 바로 커피를 마실
수 있도록요.

파브리체   이런 착한 아내가 있나!

마리안네   그런 다음 앉아서 오빠에게 줄 양말을 뜨개
질해요. 그러면 정신없이 바빠요. 길이가 잘 맞는
지, 장딴지가 제대로 맞는지, 발이 너무 짧지나
않은지, 양말 치수를 열 번이나 재요. 그래서 오
빠는 가끔 짜증을 내지요. 치수를 재는 것이 중

요한 것이 아니에요. 중요한 것은 오직 제가 오
빠를 위해 뭔가 할 일이 있다는 것, 서너 시간 글
을 쓴 다음 그가 한번 저를 바라보아야 한다는
것이지요. 그러니까 전 오빠가 우울증 환자가 되
는 걸 원치 않는 거지요. 오빠는 저를 쳐다볼 때
면 기분이 좋아지거든요. 오빠가 보통 그런 내색
을 안하려 해도 전 그의 눈을 보면 그렇다는 것
을 알아요. 그가 심각하거나 화가 난 것 같아 보
이면 전 가끔 몰래 웃지요. 오빠가 그건 잘하는
거예요. 그렇지 않으면 제가 하루종일 오빠에게
장난칠 테니까요.

파브리체   그 친구 행복한 사람이야.

마리안네   아니에요, 행복한 사람은 저지요. 오빠가 없
           다면 전 이 세상에서 뭘 해야 할지 모를 거예요.
           모든 것을 저를 위해서 하는데도 모든 것을 오빠
           를 위해 하는 것같이 느껴져요. 저를 위해 일을
           할 때에도 항상 오빠를 생각하기 때문이지요.

파브리체   당신이 그 모든 일을 남편을 위해 한다면 남
           편은 얼마나 행복하겠어요! 남편은 얼마나 고마
           워할까요, 그러면 얼마나 가정적인 생활이 될까
           요!

마리안네   가끔 저도 그런 상상을 하고 미래의 꿈을 꾸
           어볼 수 있답니다. 그냥 앉아서 뜨개질이나 바느
           질을 하고 있으면, 모든 일이 어떻게 되어갈 것

인지 상상해 볼 수 있어요. 하지만 금방 현실로
돌아오면, 그런 꿈들은 사라져 버려요.

파브리체   왜요?

마리안네   제가 "당신을 사랑하고 싶어요"라고 말하면
만족해 하는 남편감을 어디서 찾겠어요. 게다가
전 또 곧 이렇게 말해야 할 거예요. "당신을 오빠
보다 더 사랑할 수는 없어요. 지금까지 그랬던
것처럼 오빠를 위해 모든 것을 할 수밖에 없겠어
요." - 아시겠지요, 결혼하는 것이 어렵다는 것
을!

파브리체   당신은 오빠를 위해서 했던 일부분을 나중에
남편을 위해서 하겠지요. 당신은 그 사랑을 남편
에게 옮기게 되겠지요. -

마리안네   바로 그게 어려운 문제예요! 사랑이란 돈을
지불하듯 이리저리 사고팔 수 없는 거죠. 혹은
시원찮은 하녀가 3개월마다 한번씩 주인을 바꾸
듯 말이에요. 제가 결혼하게 되면 남편과의 이상
적 관계를 위해 노력해야겠지요. 하지만 그런 결
혼생활은 결코 현재의 생활만큼 그렇게 이상적일
수 없을 거예요.

파브리체   모두 다 가능해요.

마리안네   모르겠어요. 그가 책상에 앉아서 머리를 손
에 받치고 아래를 내려다볼 때면, 게다가 조용히
근심하며 앉아 있을 때 - 전 오랫동안 앉아서 그

를 바라볼 수 있어요. 전 가끔 '오빠 잘생긴 데는 없어'라고 생각하지요. 그런데도 그를 쳐다보고 있으면 행복해요. 그의 걱정들 속엔 저를 위한 것도 있다고 느껴서인가 봐요. 그가 다시 위를 쳐다볼 때의 첫 눈빛이 제게 그렇다고 말해 줍니다. 그래서 그건 제겐 커다란 행복이랍니다.

파브리체   마리안네, 당신은 그 모든 것을 다 가질 수 있어요. 당신을 돌보아 줄 남편도 - !

마리안네   또 한 가지 있어요. 남자들의 변덕 말예요. 빌헬름도 변덕스러워요. 그의 변덕은 저를 괴롭히지 않아도, 다른 사람의 변덕은, 그 사람이 누구든, 참을 수 없을 것 같아요. 오빠도 조금은 변덕스러운 데가 있지요. 그걸 가끔 느끼거든요. 그가 기분이 안 좋을때 좋은, 관심 있고 사랑스런 감정을 뿌리칠 때면, 전 당황하죠! 물론 한순간이긴 하지만요. 그가 저의 관심을 거부했다는 이유로 저도 그에게 화를 낸다면 그를 덜 사랑하기 때문이 아니라 그가 내 사랑을 알아주지 못하기 때문이지요.

파브리체   그 모든 것을 무릅쓰고라도 감히 당신에게 구혼하는 남자가 나타난다면?

마리안네   그런 남자는 안 나타날 거예요! 만약 나타난다면 제가 그 남자와 결혼을 감행할 수 있느냐가 문제겠지요.

파브리체   안 될 이유가 뭐예요?

마리안네   그런 남자는 안 나타날 거예요.

파브리체   마리안네, 그 남자가 여기 있어요!

마리안네   파브리체 씨!

파브리체   그 사람이 바로 당신 앞에 있어요. 긴 말을
해야겠소? 내 가슴속에 그토록 오래 간직했던 것
을 당신에게 다 털어놓을까요? 당신을 사랑해요.
오래 전에 당신은 그걸 알고 있지요. 청혼합니다.
당신은 그걸 상상하지 못하겠지요. 남자의 감정
을 자극하는 데 별 관심이 없는 여자를 당신 말
고는 난 본 적이 없소. - 마리안네, 지금 당신과
얘기하고 있는 남자는 무섭게 덤벼드는, 분별없
는 구혼자가 아니오. 난 당신을 알고 있어요. 난
당신을 선택했소. 내 집은 준비되어 있어요. 내
아내가 되어주겠소? …… 난 여러 번 사랑의 쓴
맛을 본 사람이오. 그래서 나는 노총각으로 죽겠
다고 몇 번이나 결심했었소. 이제 난 당신을 찾
은 거요 - 거절하지 말아요!

당신은 나를 알지 않소. 당신 오빠와 나는 하나
요. 당신은 이보다 더 순수한 인연을 생각할 수
없어요. - 당신의 마음을 열어요! - 한 마디만 해
줘요, 마리안네!

마리안네   파브리체 씨, 제게 시간을 주세요.
당신에게 호감이 가요.

파브리체　나를 사랑한다고 말해 줘요! 당신 오빠는 오
　　　　빠로 남게 할 거요. 난 그의 처남이 되고 싶소.
　　　　우리 함께 그를 돌봅시다. 내 재산을 그의 것과
　　　　합치면 그를 여러 고통에서 벗어나게 할 것이오.
　　　　그는 용기를 얻게 될 것이오. 그는 그렇게 될 거
　　　　요 - 마리안네, 난 당신을 설득하고 싶진 않소 -
　　　　(그는 그녀의 손을 잡는다.)

마리안네　파브리체 씨, 전 한번도 그런 생각을 해본
　　　　적이 없어요 - 당신은 정말 저를 당황하게 하시
　　　　는군요! -

파브리체　한 마디만 해주시오! 긍정적 답을 기대해도
　　　　되겠소?

마리안네　오빠와 얘기해 보세요!

파브리체　(무릎을 꿇는다.) 순진하고 사랑스런 아가씨!

마리안네　(잠시 말이 없다가) 맙소사! 내가 무슨 말을 한
　　　　거야! (퇴장)

파브리체　그녀는 네 여자야! …… 사랑스럽고 천진난
　　　　만한 아가씨에게 오빠와의 장난은 허락할 수 있
　　　　지.
　　　　우리가 서로 더 가까이 사귀게 되면 일은 점점
　　　　내게 유리하게 될 거야. 그러면 그 친구도 잃을
　　　　게 없겠지. 다시 사랑을 하고 가끔 다시 사랑받
　　　　는다는 건 정말 행복한 일이지! 사랑이란 결코
　　　　싫증나지 않는 것, 언제나 아름다운 것이지. - 우

리는 함께 살거야. 그러지 않아도 진즉 이 착한
친구의 빠듯한 살림 형편을 좀 펴주고 싶었지.
매제로서 그렇게 해주면 될 거야. 그러지 않으면
그 친구는 완전히 끝없는 추억과 근심, 양식 격
정, 여러 가지 비밀을 가진 우울증 환자가 될거
야. 모든 게 생각대로 잘 될거야! 그는 더 자유로
운 공기를 마셔야 해. 아가씨는 남편을 가져야
하고 – 그건 사소한 게 아니지. 그리고 넌 자랑스
럽게 아내를 얻는 거야 – 그건 대단한 일이야!

(빌헬름 등장)

파브리체   산보 다했나?

빌헬름   장터로 가서 파르 골목길로 올라가 거래소를
지나 돌아왔네. 밤에 시내를 산보하면 이상한 느
낌이 들어. 일상의 일에서 벗어나 모든 것이 쉬
는것 같기도 하고, 일을 쫓아 서두르기도 하여,
작은 돈벌이를 위해 부지런히 움직이는 모습을
보는 것 같은 느낌 말이야! 코에 안경을 걸치고,
희미한 불빛에서 손님에게 정확하게 무게를 달아
주느라 치즈를 한 조각 한조각 이리 자르고, 저
리 자르는 치즈가게 아주머니를 보는 게 재미있
었어.

파브리체   누구나 자기 식대로 보는 거지. 치즈가게 아
줌마들이나 안경을 보지 않고 길을 가는 사람들
도 많이 있는 것 같더군.

빌헬름   일을 하면서 작은 일도 사랑하는 것을 배우고
있어. 한 푼 버는 게 얼마나 힘든지 알고부터는
작은 벌이도 존경스럽게 보인다네. 한푼 한푼 벌
어야 할 경우엔 말야. (잠시 생각에 잠겨 서 있다.)
산보하는 중에 아주 기이한 느낌이 들었어. 수많
은 일들이 갑자기 뒤죽박죽 떠오르는 거야. - 그
런데 내 마음속 가장 깊은 곳에서 나를 움직이는
것은 - (그는 깊은 생각에 잠긴다.)

파브리체   (혼잣말로) 내가 바보 같은 생각이 드는군.
저 친구가 나타나자마자 마리안네를 사랑한다는
말을 제대로 꺼내 보지도 못하니 말야. - 앞서 무
슨 일이 있었는지 이 친구에게 말해야겠어. - (큰
소리로) 이 보게, 빌헬름, 자네 이 집에서 이사갈
거라 했었지? 자넨 이 좁은 집을 비싸게 살고 있
어. 달리 갈 만한 데라도 있나?

빌헬름   (멍하게) 없어.

파브리체   우리 두 사람의 고민을 해결할 수 있는 방법
이 있는 것 같네. 아버지 집이 있는데, 이층만 내
가 살고 있거든. 그러니 자네가 아래층을 쓰면
될걸세. 자넨 곧 결혼하지 않을 거니까. - 자네
운송회사를 위해서 마당과 작은 창고를 쓰고 집
세 조금만 내면 되네. 그러면 우리 두 사람에게
다 도움이 될 거야.

빌헬름   자넨 정말 좋은 사람이야. 자네 집에 갈 때마

다 공간이 많이 비어 있는 것을 보면 나도 정말 가끔 그런 생각이 들었다네. 그런데 난 이렇게 옹색하게 지내야 하다니, 하고 말야. - 그런데 또 다른 더 중요한 일들을 생각해야 해 …… 그래서 이대로 있을 수밖에 없어. 큰 집을 빌릴 능력이 없으니까.

파브리체 왜 안 돼지?

빌헬름 내가 지금 결혼한다면 어떻게 하고?

파브리체 그래도 도움이 될 수 있지. 자네가 독신일 때는 누이동생과 지낼 공간이 있고, 결혼해서도 아내와 살 공간이 있어.

빌헬름 (웃으면서) 그럼 내 누이동생은?

파브리체 누이동생은 내가 데려갈지 몰라.

빌헬름 (말이 없다.)

파브리체 큰 집으로 이사하는 일이 아니더라도. 현명하게 얘기해 보세. - 난 마리안네를 사랑하네. 그녀를 내 아내로 주게!

빌헬름 뭐라구?

파브리체 왜 안 되겠나? 허락해 주게! 여보게, 내 말 좀 들어봐! 마리안네를 사랑하네! 오랫동안 생각해온 거야. 내가 세상에 살아 있는 동안, 그녀만이, 자네만이, 자네들이 나를 행복하게 할 수 있어. 그녀를 내게 주게! 그녀를 내게 줘!

빌헬름 (당황해서) 자네가 원하는 게 뭔지 모르고 있구먼.

파브리체   아, 내가 그걸 어떻게 알겠나! 내게 무엇이
부족한가를 자네에게 다 얘기해야겠나? 그녀가
내 아내가 되고 자네가 내 처남이 된다면 내게
더이상 부족할 게 없을 거라는 걸 말야.

빌헬름   (생각에 잠겨 있다가 버럭 화를 내며, 급하게) 절대
안 돼! 절대로 안 돼!

파브리체   왜 그러나? - 마음이 아프군 - 그렇게 저항
하다니! 조만간에 자네가 동서를 맞게 될 것이라
면 왜 나는 안 되나? 자네가 잘 알고 또 사랑하
고 있는 나 말일세! 적어도 난 그렇게 생각하는
데 -

빌헬름   날 내버려두게! - - 정신이 없네.

파브리체   모든 걸 얘기해야겠네. 자네에게 오로지 내
운명이 달려 있어. 그녀의 마음은 내게 기울었네.
자넨 틀림없이 눈치챘을 걸세. 그 여잔 나보다
자네를 더 사랑해. 그래도 나는 괜찮아. 그녀는
오빠보다는 남편을 더 사랑하게 될 거야.
내가 자네의 역할을 맡고, 자네가 내 역할을 맡
는다면 우리는 모두 기쁠 거야. 난 이렇게 인간
적으로 아름답게 맺어지는 인연을 본 적이 없어.

빌헬름   (말이 없다.)

파브리체   그러면 모든 것이 다 확실해져 - 여보게, 친
구, 제발 허락해 주게, 동의해 줘! 우리가 맺어지

면 자네가 기쁘겠다고, 자네가 행복하겠다고, 그
녀에게 말해 주게! – 난 그녀의 승낙을 얻었네.

빌헬름   그녀의 승낙을?

파브리체   그녀는 승낙한다는 말을 직접적으로 하지 않
았지만 암시하는 듯한 그녀의 눈빛에서 내 청혼
을 받아들였다고 느꼈네. 그녀의 당황함, 사랑,
의지, 떨림. 그건 너무나 아름다웠어.

빌헬름   안 돼! 안 돼!

파브리체   자네를 이해 못하겠군. 난 자네가 내게 아무
런 적개심을 갖고 있지 않다고 느꼈네. 그런데
자넨 나를 거부하는 건가? 그러지 말게! 그녀와
나의 행복을 방해하지 말게! – 난 항상 자네가
우리와 함께 행복해야 한다고 생각하고 있네! –
내 소원을 거절하지 말고 들어주게! 다정하게 동
의해 주게!

빌헬름   (고통과 싸우면서 말이 없다.)

파브리체   자네를 이해 못하겠어 –

빌헬름   그 애를? – 자네가 그 애를 갖겠다고? –

파브리체   왜 그렇게 묻나?

빌헬름   그리고 그 애는 자네를 원한다고?

파브리체   그녀는 아가씨에게 어울리는 겸손한 자세로
대답했어.

빌헬름   가게! 가! – 마리안네! …… 그럴 줄 알았어!
그런 느낌이었어!

파브리체 제발 말해 줘. -

빌헬름 무슨 말을 하란 말인가! - 오늘 저녁 내 마음
에 걸려 있었던, 먹구름 같은 것이 바로 그거였
군. 내 감정들이 번개치듯, 천둥치듯 하는군! 그
녀를 아내로 맞아 데려가게, 데려가라구! 나의
유일한 것 - 나의 모든 것을!

파브리체 (그를 말없이 쳐다보면서)

빌헬름 그 애를 데려가게! - 자넨 내게서 무엇을 뺏어
가는지 알겠지. - (잠시 후, 그는 용기를 낸다.) 자네
에게 샬롯테에 대해 얘기한 적이 있었지, 내가
잃어버린 여자, 내게 자기와 꼭 닮은 딸을 남긴
그 천사 같은 여자 말야 - 그런데 그 딸이 - 난
자네를 속였던 거야 - 그 애가 죽지 않았어, 그
딸이 마리안네야! - 마리안네는 내 누이동생이
아닐세.

파브리체 그건 상상도 못한 일이야.

빌헬름 자네가 마리안네를 마음에 두고 있다는 것을
경계했어야 했는데! - 왜 그걸 눈치채지 못하고
자네에게 내 집 출입을 허용했을까? 내가 여기
온 처음 몇 날 간 누구도 우리 집에 못 들어오게
한것처럼 그렇게 할걸. 자네에게만 우리 집에 들
어오는걸 허락했네. 그런데 자네는 친절, 우정,
지원, 겉으로 여자들에게 냉정하게 대함으로써
나를 안심시킬 수 있었네. 내가 겉보기에 그녀의

오빠이였던 것처럼, 그녀에 대한 자네의 감정을 진정한 오빠 같은 감정으로 여겼네. 내게 가끔 의심이 들려고 할 때면 난 그것을 고상하지 못한 것으로 치부하고, 그녀가 자네에게 착하게 구는 것은 온 세상을 사랑스런 시선으로 바라보는 그녀의 천사같은 성품 탓이라 생각했지. - 그런데 자네가 - 그런데 그녀가 -

파브리체　더 이상 듣고 싶지 않네. 그리고 더 이상 할 말도 없어. 잘 있게. (퇴장)

빌헬름　가게! - 자네가 그 모든 것을 빼앗아 가는 거야, 나의 모든 행복을. 모든 희망들은 - 미래의 희망들은 - 갑자기 - 끝나버렸어! 이렇게 잘려 나가고, 망가져 버렸어! 그리고 나를 천상의 환희로 건너다 줄 황금빛 마술다리는 - 사라졌어! 나의 솔직함과 신뢰를 그렇게 남용한 파브리체에 의해서 - 그 배신자에 의해서! 오 빌헬름! 빌헬름! 그 착한 사람에게 그렇게 몹쓸짓을 해야 할 정도로 일을 이 지경까지 만들었구나? - 그가 무슨 죄를 저질렀지? …… 자넨 나를 무겁게 누르고 있어, 자네 잘못이 아냐, 벌 받아야 할 나의 운명이지! - 자네 왜 그렇게 서 있지? 자네 말야? 바로 이 순간에! - 나를 용서하게나! 그 대신 나는 고통을 당하지 않았던가? 용서하게! 오래 됐어! - 난 무척 괴로웠다네. 난 자네들을 사랑하는 것 같아. 자네들을 사랑한다고 생각했어.
가벼운 친절로 나는 자네들의 마음을 열어젖혀서
비참하게 만들었어! - 용서해 줘, 그리고 나를
내버려 둬. - 내가 이렇게 벌을 받아야 할까? -
마리안네를 잃어버려야 하는 거야? 내 모든 희망
중의 마지막 희망이며, 내 모든 근심들의 총체인
그녀를? - 그럴 수 없어! 그럴 수 없어! (그는 조
용히 있다.)
(마리안네 등장)

마리안네   (당황하여 가까이 온다.) 오빠!

빌헬름   아!

마리안네   오빠, 날 용서해 줘야 해요. 제 감정을 오빠
가 이해해 주기 바라요. 오빠가 화났다고 생각했
어요. 제가 어리석은 짓 했어요. - 정말 이상한
생각이 들어요.

빌헬름   (정신차리면서) 무슨 일인가, 아가씨?

마리안네   오빠에게 이 걸 얘기할 수 있기 바랐어요. -
제 머리가 아주 혼란스러워요. - 파브리체 씨가
나와 결혼하겠대요, 그래서 난 -

빌헬름   (반쯤 씁쓸하게) 솔직히 말해 보렴, 그의 청혼을
받아들일 거니?

마리안네   절대로 아니에요! 절대로 그분과 결혼 안 할
거예요. 난 그 사람과 결혼할 수 없어요.

빌헬름   파브리체의 말과 상당히 달리 들리는데!

마리안네   정말 이상해요. 오빠가 기분까지 안 좋으시
          니. 지금 당장 오빠에게 마음속 얘기를 할 필요
          없다면, 나가서 한 시간이라도 족히 기다리겠지
          만. 오빠의 기분이 좋아질 때까지요. 하지만 지금
          분명히 말해야겠어요. 파브리체 씨와 결혼할 수
          없다구요.

빌헬름   (일어서서 그녀의 손을 잡는다.) 뭐라구, 마리안
          네?

마리안네   파브리체 씨가 집에 와서 많은 얘기를 했어
          요. 내게 별의별 얘기를 다해서 그게 가능한 일
          이겠구나 하는 생각이 들었어요. 그가 너무 추근
          대길래 경솔하게도 난 오빠와 얘기해 보라고 말
          해버렸어요. - 그랬더니 그가 그 말을 승낙으로
          받아들인 거예요. 그런데 그 순간 그건 있을 수
          없는 일이라고 느꼈어요.

빌헬름   그 친구 나와 그런 얘기했다.

마리안네   진정으로 오빠에게 부탁할게요. 내가 오빠를
          사랑하는 마음으로, 또 오빠가 정말 나를 사랑한
          다고 생각하고 부탁할게요. 파브리체에게 내가
          그와 결혼할 수 없다고 알아듣게 설명해 주세요.

빌헬름   (혼잣말로) 영원하신 하느님!

마리안네   화내지 마세요! 그분도 화내선 안 되겠지요.
          우리 다시 예전처럼 살아요, 항상 이렇게 계속. -
          난 오빠와 함께만 살 수 있고, 오빠와 단둘이만

살고 싶어요. 진즉부터 그런 생각은 내 마음에
있었어요. 그런데 그런 감정이 뿜어 나왔어요, 이
제 분명해졌어요. - 난 오빠만을 사랑해요!

빌헬름 마리안네!

마리안네 너무도 착한 오빠! 이 15분 동안 - 내 가슴
이 얼마나 쿵쿵 뛰었는지 말 안 할래요. - 내 마
음은 최근에 시장에서 불이 나서 연기와 증기가
모든 것을 뒤덮어, 갑자기 불이 지붕 위로 올라
가 집 전체를 화염 속에 묻어버린 불났을 때와
같아요. - 날 버리지 말아요! 나를 내치지 말아
요, 오빠!

빌헬름 항상 이렇게 지낼 수는 없어.

마리안네 바로 그래서 난 불안해요! - 결혼하지 않겠
다고 오빠에게 약속할게요. 항상 오빠를 돌볼 거
예요, 항상, 영원히. - 저 건넛마을에 그런 나이
든 오누이가 둘이 함께 살고 있어요. 그래서 전
가끔 농담으로 이렇게 생각해요. 내가 저렇게 늙
고 쪼글쪼글해질 때까지, 우리가 저렇게 함께 살
수 있다면 좋겠다구요.

빌헬름 (자기 가슴을 만지면서, 반쯤 혼잣말로) 네가 그 모
든 감정을 견디어낼 수 있다면, 넌 항상 마음이
넓고 좋은 애가 될 거야!

마리안네 그럼 오빠 마음은 안 그런가 보죠. 오빠 언
젠가 아내를 갖겠죠. 그 여자까지도 사랑하려고

한다면 난 항상 고통스러울 거예요. - 나만큼 오
빠를 사랑하는 사람은 아무도 없어요. 아무도 오
빠를 이렇게 사랑할 수는 없어요.

빌헬름   (말하려고 한다.)

마리안네   오빤 늘 그토록 조심스러워하고, 그리고 난
내 마음이 어떤지 오빠에게 다 말하겠다고 항상
벼르지만, 감히 못해요. 우연한 일로 모든 걸 술
술 다 털어놓게 되니 다행이에요!

빌헬름   그만해, 마리안네!

마리안네   막지 말아요. 다 말하게 해줘요! 그 다음 부
엌에 가서 하루 종일 내 일을 할 거예요. 아주 가
끔 오빠를 쳐다볼게요. 오빠, 내 맘 알지요!라고
말하려는 것처럼요.

빌헬름   (너무 기쁜 나머지 말이 없다.)

마리안네   오빠는 오래 전에 그걸 알 수 있었어요, 오
빤 엄마가 돌아가신 다음 내가 어린 시절 어떻게
자랐고 항상 오빠와 함께 있었다는 것도요. - 보
아요, 오빠로서의 보살핌에 대한 감사의 표시보
다 오빠와 함께 있는 것에 대해 난 더 많은 기쁨
을 느껴요. 그런데 점차 오빤 나의 온 마음을, 나
의 모든 생각을 다 가져갔어요. 그래서 이제 내
마음속에 다른 것이 자리잡기 어려워요. 내가 소
설을 읽을 때면 오빠가 가끔 웃었다는 것을 아직
도 알고 있어요. 언젠가 소설 『줄리아 맨드윌』3)

을 읽을 때였지요. 내가 하인리힌지 하는 사람이 오빠같이 생기지 않았느냐 하고 묻자 - 오빠 웃었죠 - 난 그게 마음에 안 들었어요. 그래서 난 다음번엔 거기에 대해 다시 말을 안 했죠. 그건 내가 아주 진지하게 한 말이었거든요. 가장 사랑하는 사람들, 가장 좋은 사람들은 내겐 모두 다 오빠같이 보였기 때문이죠. 난 오빠가 커다란 정원에서 산보하고, 말을 타고, 여행하고, 격투하는 걸 보았어요 …… (그녀는 혼자서 웃는다.)

빌헬름   무슨 일이니?

마리안네   고백하고 싶은 게 또 있어요.

어떤 여자가 아주 예쁘고, 매우 착하고, 매우 사랑받고 - 또 사랑에 빠진다면 - 그건 항상 나 자신이었어요. - 사랑이 발전해서 그들이 모든 난관을 겪은 후 결국 결혼에 골인할 때면 말이죠. - - 저도 꽤 순진하고, 착하고, 수다스런 계집애죠!

빌헬름   계속해라! (몸을 돌리면서) 축하주를 마셔야겠어. 하느님, 기절하지 않게 해주세요!

마리안네   내가 제일 견딜 수 없었던 것은, 두 남녀가 사랑하는데, 결국 그들이 친척이거나, 오누이라는 사실이 밝혀질 때였어요 - 『미스 파니』[4]를

---

3) 브룩 Fr. Brook의 『레이디 줄리아 맨드윌 Lady Julia Mande-wille』 이야기의 독일어 번역은 1764년 라이프치히에서 출간되었다. 이 책은 동시대에 유행했던 통속적 연애소설이다.

태워버리고 싶었어요! 이 책은 오누이의 사랑 얘
기였거든요. 난 얼마나 울었는지 몰라요! 그런
불쌍한 운명이 있을까요! (그녀는 몸을 돌리고 슬프
게 운다.)

빌헬름   (덥썩 그녀의 목을 껴안으면서) 마리안네! -
내 사랑 마리안네!

마리안네   빌헬름! 영원히 당신을 놓지 않을래요!
절대로! 절대로! 당신은 내 거예요! - 당신을 붙
잡겠어요! 당신을 놓아줄 수 없어요!
(파브리체 등장)

마리안네   아, 파브리체 씨, 제때에 오시는군요! 전 솔
직하고 강해서 사실을 말할 수 있어요. 전 당신
에게 아무런 승낙을 한 게 없어요. 우리의 친구
가 되어 주세요! 당신과는 결코 결혼하지 않을
거예요.

파브리체   (냉정하고 쌉쓸하게) 그렇게 생각했네, 빌헬름!
자네가 그녀에게 나보다 더 가치가 있기 때문에
그녀가 나를 대수롭지 않게 생각하는 거네. 난
내가 마음에서 버려야 할 것을 버리기 위해 다시
왔네. 모든 요구를 포기하겠네. 그리고 모든 일이
이미 결정난 것으로 알겠네. 일이 이렇게 진전되

---

4) 헤르메스 Joh. Timotheus Hermes의 『미스 파니 윌키스 Miss
Fanny Wilke(s)』의 이야기는 1766년 라이프치히에서 출간되었
다.

도록 천진하게 기회를 제공했다는 것으로나 만족
해야겠지.

빌헬름   참된 사랑이 명백해지는 이 순간을 모독하지
말게. 진정한 사랑의 감정을 느껴 보도록 하게.
자넨 그 감정을 찾아 먼 여행을 했지만 결국 못
찾았던 거야! 이 여자를 보게. - 이 여자는 완전
히 내 여자야. - 그런데 이 여자는 모르고 있어.

파브리체   (반쯤 조롱하면서) 이 여자가 모른다구?

마리안네   제가 뭘 몰라요?

빌헬름   내가 여기서 거짓말한다고 생각하나,
파브리체? -

파브리체   (깜짝 놀라서) 그녀가 모른다구?

빌헬름   그렇다네.

파브리체   서로를 붙들게, 자네들은 서로 그럴 만해.

마리안네   무슨 말이에요?

빌헬름   (그녀의 목을 껴안으며) 넌 내 사람이야,
마리안네!

마리안네   맙소사! 이게 무슨 뜻이에요? - 내가 오빠께
키스해도 되다니요? - 이게 무슨 입맞춤이에요,
오빠?

빌헬름   주저하는, 냉정해 보이는 오빠의 입맞춤이 아
니라, 영원히 유일하게 행복한 애인이 주는 키스
야. - (그녀의 발치에 무릎을 꿇고) 마리안네, 넌 내
동생이 아니란다! 샬롯테는 우리의 어머니가 아

니라 너의 엄마였어.

마리안네   오빠! 오빠!

빌헬름   난 너의 애인이야! - 네가 거부하지 않는다면,
이 순간부터 난 너의 남편이야.

마리안네   말해 봐요, 어떻게 그게 가능해요? -

파브리체   하느님도 자네들에게 단 한 번 줄 수 있는
기쁨을 즐기게나! 받아들여요, 마리안네, 묻지
말고! - 서로에게 설명할 시간이 충분히 있을 테
니까.

마리안네   (그를 쳐다보면서) 안 돼요, 이럴 수 없어요.

빌헬름   내 사랑, 내 아내!

마리안네   (그의 목에 매달려) 빌헬름, 어떻게 이럴 수가!

해 설

『프로메테우스』

미완성 희곡 『프로메테우스』는 1773년 여름에 쓰여져서 1830년에 비로소 처음으로 발표되었다. 프로메테우스는 올림푸스의 주신 제우스의 명을 거역하고 하늘로부터 불을 훔쳐내어 인간에게 전해 주었으며, 그로 인해 코카서스 산정에서 독수리에게 간을 쪼아 먹히는 고통을 당한다는 신화상의 인물이다. 괴테는 헤더리히(Hederich)의 신화사전을 통해 프로메테우스의 인간창조설화를 접한 것으로 보인다. 이 작품은 다신론적인 그리스 신화에서 소재를 취하여 인간의 형이상학적 자유를 위한 반항을 주제로 다루고 있다.

제 1막에서 프로메테우스는 처음에는 제우스의 명령에 따라 일을 하지만 창조의 능력은 오직 자신에게만 주어진 독자적인 권한임을 자각하고 신들과의 결별을 선언한다. 그러나 그의 창조물은 아직 생명이 깃들지 않은 미완성의 조형물에 불과하다. 이에 미네르바가 그를 생명의 원천으로 인도한다. 창조물에 생명을 부여함으로써 창조를 완성시킨다는 모티프(Verlebendi-

gungsmotiv)는 질풍노도 시대 괴테의 시학 이념과 일치하는
것으로 자연에서의 생성 법칙을 예술에도 그대로 적용시킨 결
과이다. 여기서 프로메테우스의 자유를 위한 반항은 자신의 창
조물이 생명을 얻기까지 창조자가 겪어야 하는 진통을 의미한
다.

　제2막의 장면들은 제1막에서 보이던 반항과 창조의 긴장감
을 넘어서 있다. 여기서 프로메테우스는 인류의 스승으로서 원
시적 거주 방법과 자연법에 근거한 사회질서의 개념, 그리고
치료법을 - 프로메테우스는 의술의 창시자로도 알려져 있다 -
가르치고 있다. 여기에 나오는 오두막 짓는 방식은 괴테가 『독
일 건축술에 대하여』에서 밝힌 바 있는 텐트식의 원시 오두막
이론에 따르고 있음을 알 수 있다. 이어 판도라 장면에서 프로
메테우스는 판도라의 에로스적 체험을 '죽음'에 비유한다. 여기
서 프로메테우스는 '존재하는 것들의 의미 해석자'로서의 형상
을 띠고 있다. 사랑의 신비는 죽음의 신비로 체험되고 또한 죽
음은 단지 잠에 비유됨으로써 죽음이란 또다시 시작될 영원한
삶의 휴식으로 이해된다. 판도라 장면에 나타나는 디오니소스
적 도취의 감정은 프로메테우스의 제우스에 대한 반항적 태도
와는 대조를 이루고 있다.

　괴테는 1774년에 쓴 같은 제목의 송가를 1789년 『시집
Gemischte Gedichte』이래로 항상 『가니메트Ganymed』시
와 나란히 게재하였다. 『프로메테우스』가 반항과 창조의 능동
적 의지를 표상한다면, 『가니메트』는 동경과 헌신, 절대적 존
재에 대한 귀의의 감정을 표상하고 있어, 서로 보완관계에 있

는 양극적 모티프와 감정을 표현하고 있는 것이다. 여기서 프로메테우스적 반항과 가니메드적 헌신이라는 괴테 문학 특유의 상징이 생겨난다. 그러나 송가와는 달리 미완성 희곡에는 프로메테우스의 직선적이고 혁명적인 반항정신뿐만 아니라 미네르바 장면과 판도라 장면을 통해 가니메드적 요소도 함께 나타나고 있다.

괴테의 『프로메테우스』에서 프로메테우스는 질풍노도적인 자기확대 의지와 정열, 그리고 천재의 자아의식을 가장 극단적인 형태로 표현한 창조적 예술가의 상징이다. 그러나 판도라 장면에서 보이듯 죽음의 긍정을 통한 삶의 긍정이라는 역설적 관계는 또한 분명 삶의 문제성을 내포하고 있는 것이다. 그 당시 다른 희곡의 주인공들의 운명이 그러하듯이 -파우스트가 유한의 세계에서 탈출하기 위한 마지막 시도로서 자살을 꾀하듯이- 프로메테우스의 죽음에 대한 도취와 삶에 대한 무한한 욕구는 결국 하나의 비극으로 연결될 수밖에 없을 것이다.

『사티로스 또는 우상화된 숲속의 색마』

풍자극 『사티로스』는 1773년 8월 말이나 9월 초에 쓰여졌다고 추정된다. 풍자란 원래 어떤 실재하는 대상에 대한 공격에서 비롯되는바, 『사티로스』의 일차적인 동기가 무엇인가, 다시 말해서 『사티로스』는 원래 누구를 공격의 대상으로 삼았는가 하는 것이 관심의 대상이 될 수 있다. 괴테 자신은 한 동시대인을 사티로스의 모델로 삼았다고만 언급하고 있다. 학자들 간에 의견이 일치되지는 않았지만, 그 모델로서 자주 꼽히는 인물은 헤르더(Johann Gottfried Herder)와 하만(Johann Georg Hamann)이다.

그러나 그 모델이 누가 되었든 그 인물과 사티로스를 완전히 일치시킬 수는 없는 일이다. 다만 동기만을 부여했을 뿐이다. 풍자문학은 일차적으로는 어떤 실재하는 대상에 대한 공격에서 비롯되지만 그것이 단지 개인적인 동기에 의한 적대감이 아님을 보여줘야 하기 때문에 원래의 동기는 희미해지고 그 공격이 확대되어 어떤 이념을 지향하는 경향이 있다.

『사티로스』는 개인적인 풍자에서 몇 가지 중요한 주제로 확대된다. 세속적인 나약함에 얽매여 있는 예언자라는 주제, 인간의 자연적인 원초 상태라는 주제, 나아가 언어의 암시적인

힘에 쉽게 굴복했다가는 다시 금방 언제 그랬더냐하며 그 힘을
믿지 않는 군중이라는 주제, 마지막으로 감수성이 예민한 인간
을 사로잡아 그로 하여금 그가 맺고 있는 관계들을 떨쳐버리게
만드는, 인간이 인간에 대해 갖는 비밀스런 마력이라는 주제
등이 『사티로스』에 나타나며, 이것들은 괴테의 그 후의 문학작
품에서 더욱 발전되는 주제들이다.

　사티로스는 은둔자와의 만남에서 거칠고, 교육받지 못했고
뻔뻔스런 녀석으로 나타나며, 아마포를 훔치고 기도소를 부수
는 교활하고 사악한 성격을 보여주지만, 군중 앞에서는 예언자
로서 왕 다운 존엄한 제스처를 효과적으로 취할 줄도 안다. 더
욱이 노래부르는 사티로스, 어린 프시케의 영혼의 해석자로서
의 사티로스는 영혼에 대한 깊은 이해와 통찰력을 보여준다.
그래서 여기에서 그로테스크가 생긴다.

　괴테는 민속적인 사육제놀이를 풍자적인 민중극(Volks-
schauspiel)으로 발전시킨 한스 작스 Hans Sachs에게서 자
극받아, 『사티로스』를 ‘사육제극’이라는 이름을, 그의 다른 작
품 『플룬더바일러 장터의 축제Jahrmarktsfest zu Plun-
derweilern』에는 ‘가장 무도회’라는 부제를 달았다. 괴테는 이
두 작품에서 옛 극형식 또는 아직도 큰 장터에서는 행해지고
있는 극형식을 시험한 것이다. 장터, 만화경(萬華鏡), 연극의
세계는 청년기의 괴테에게서 자주 나오는 인간생활상이다. 괴
테는 연극의 세계가 인간의 생활상이라는 점을 제시하며, 그
시대의 사육제극이나 장터의 놀이를 세속적인 삶을 표현하는
적합한 형식으로 만든 것이다.

『신들과 영웅들과 뷔일란트』

뷔일란트를 향한 풍자극 『신들과 영웅들과 뷔일란트』는 1773년 가을 '어느 일요일 오후 앉은 자리에서 단숨에' 쓰여졌다. 괴테는 뷔일란트의 작품 『아가톤Agathon』과 『무자리온 Musarion』을 통해서 고대에 눈뜨게 된다. 그러나 몇 해가 지나면서 괴테는 뷔일란트에 대한 존경심은 그대로 갖고 있었지만 그를 더 이상 스승으로는 인정하지 않게 되었다. 1773년 1월 1일부터 뷔일란트에 의해 편집되었던 「독일의 메르쿠어 Teutscher Merkur」지에 대해 괴테와 그의 친구들은 많은 기대를 갖고 있었으나 실망하고 말았다. 괴테의 풍자는 뷔일란트의 오페레타 『알케스테Alceste』를 향한 것이며, 특히 「메르 쿠어」지에 실린 <어느 친구에게 보내는 오페레타 알케스테에 대한 서한들>을 읽고 뷔일란트에 대한 풍자극을 써야겠다는 결심을 하게 된다.

그리스 신화에서 비롯되는 알케스티스 소재(Alkestis-Stoff)는 두 가지 모티프, 즉 다른 사람이 대신 죽음으로써 한 사람의 죽음이 연기된다는 모티프와, 죽음의 신과 싸워 이미 죽은 사람을 지하세계로부터 다시 불러온다는 모티프를 포함하고 있다. 페라이의 젊은 왕 아드메트가 죽을 병에 걸렸는데, 아폴로 신은 누구든지 다른 사람이 그를 대신해서 죽는다면 그

를 살려주겠노라는 특혜를 베푼다. 이때 젊은 왕비 알케스티스
가 희생을 자처하고 죽는다. 아드메트의 초대를 받고 놀러온
헤라클레스는 한 시종으로부터 그 슬픈 소식을 듣고 알케스티
스를 지하에서 구출하기로 결심한다. 생명을 건진 대신 눈이
멀게 된 아드메트는 알케스티스를 다시 만나게 된다.

뷔일란트는 에우리피데스의 『알케스티스』에 변화를 가하여
아드메트와 알케스테 부부의 관계를 더 내적이고 애틋한 것으
로 형상화했다. 또 헤라클레스의 형상을 슬픔에 찬 왕의 궁정
에서 시끌벅적한 연회를 즐긴 데 대한 부끄러움 때문에 알케스
테를 구원하러 지하세계로 가는 길을 떠맡는 것이 아니라, 우
정 때문에 그렇게 한 것으로 만들었다. 또한 에우리피데스 작
품에는 없었던 알케스테의 여동생으로서 델피로부터 신탁을
전해 주고 헤라클레스에게 알케스테를 구원할 계획을 세우도
록 암시하는 파르타니아라는 새로운 인물을 만들었다. 여기서
뷔일란트는 알케스테의 죽음을 자발적인 희생이 아니라 신탁
에 의해 세상이 다 아는 일로 만들었다. 뷔일란트는 특히 헤라
클레스를 행동하는 영웅으로 이상화하려 하였고, 에우리피데스
작품에서의 희극적인 요소를 포기하고 남편을 살리기 위해 고
독한 죽음을 받아들여야 하는 알케스테를 통해서, 그리고 자기
아내의 죽음에 대해서 아무것도 모르고 있는 아드메트를 통해
엄격한 비극성을 고수했다. 그런데 뷔일란트가 가한 이러한 변
화들이 괴테에게는 고대의 위대함, 힘, 숭고함을 약화시킨 것
으로 생각되었던데다가 뷔일란트가 「메르쿠어」지에 실은 <서
한들>에서 보인 허영에 찬 자화자찬에 자극되어 괴테는 익살

극『신들과 영웅들과 뷔일란트』를 쓰게 된 것이다.

이 작품은 사자(死者)들의 대화Totengespräch형식을 취하여, 이미 이 세상을 떠난 신들과 영웅들이 현재를 주제로 대화하도록 함으로써 신들과 영웅들에 의해 이미 구현된 차원 높은 가치와 보잘것없어 보이는 현재가 대비되면서 풍자의 효과를 상승시킨다. 이 익살극은 어떤 사건의 진행이 아니라, 뷔일란트와 에우리피데스 및 원래의 인물들, 알케스테와 아드메트, 그리고 헤라클레스 사이의 대립이 날카롭게 드러나는 일정한 주제에 대한 대화로 이루어져 있다. 괴테는 자기가 만든 인물을 통해 뷔일란트의 어느 한 작품에 대한 패러디에서 그치지 않고 뷔일란트에 대한 전반적인 풍자로 확대시키고 있으며, 그가 고대의 위대함과 삶의 위대함을 잘못 파악하고 있음을 지적하고자 한다.

그러나 나중에 괴테는 너무 개인적으로 날카로운 풍자극을 세상에 발표한 것을 후회하였다. 더욱이 괴테는 사실상 뷔일란트의 작품에서 많은 것을 배운 사람이기 때문에 자기가 일방적으로 풍자만 한 것에 대해 마음이 편치 못했다. 그런데 뷔일란트는 「메르쿠어」지에서 괴테의 이 작품을 훌륭한 풍자극으로 추천하였다. 그 후 괴테는 뷔일란트와 바이마르에서 만나 교류하게 되고 뷔일란트를 "금세기의 가장 위대한 사람들 가운데 하나"라고 불렀다.

『클라우디네 폰 빌라 벨라』

　쾌활하고 시적인 극 『클리우디네 폰 빌라벨라Claudine von Villa Bella』는 괴테가 독일 오페레타의 전통에 새로운 가능성을 열기 위해서 쓴 작품이다. 괴테는 『클라우디네』와 이보다 약간 늦게 쓴 『에르뷘과 엘미레 Erwin und Elmire』로 아직 시험해보지 않았던 마지막 드라마 형식인 가극 Singspiel 에 몰두했다. 이탈리아여행에서 괴테는 프랑스의 오페레타를 가극의 모범으로 지목했다.

　독일가극의 전통은 봐이세 Chr. Fr. Weiße에서 시작된다. 그는 프랑스 가극의 형식과 친숙해져 프랑스 가극을 번역한 후, 오리지널 독일작품 『궁정의 롯데 Lottchen am Hofe』(1766)를 써서 이 새로운 형식을 독일에 널리 전파했다. 봐이세의 작품에 나타나는 분위기는 매우 단조로운 음조를 띄는 것이었다. 봐이세는 특히 시골세계 혹은 수공업세계를 무대로 선택했으며 그 충족함, 덕성과 감성을 위대한 사람과 행복을 쫓는 사람들의 휴식없는, 공허한 삶과 대비하여 예찬했다.

　괴테의 가극 『클라우디네 폰 빌라 벨라』는 1775년 6월 4일에 완성되어 1776년에 인쇄되었다. 『클라우디네』는 외적 형식에서는 아니더라도 전체적 구조, 즉 내용면에서는 그의 유형에서 벗어난다. 괴테 자신은 『시와 진실 Dichtung und

Wahrheit』에서 수공업 세계를 다루는 오페라에 대한 반대유형을 제시한 바 있다. 다시 말해 스페인 문학에 나타나는 "낭만적 대상, 고상한 성향을 방랑자적 행위와 연결하는 것"이 그에게 새로운 가능성으로 여겨졌다는 것이다. 그것은 질풍노도의 극작품에 자주 등장하는 요소였다. 스페인의 한 단편소설이 이 작품의 모델이라는 추측도 있지만 괴테가 직접적으로 모범으로 삼은 스페인의 단편소설은 찾을 수 없다.

이 작품의 매력은 괴테가 당시의 여러 가지 문제들을 가벼운 형식으로 표현해서 쾌활한 문학극으로 만들었다는 데 있다. 우리는 질풍노도시대의 희곡이 선호하는 모티브, 즉 한 여자를 사랑하는 라이벌관계에 있는 형제들을 만난다. 괴테는 페드로라는 인물을 뚜렷하게 전형적 감상적 인물로, 크루간티노를 정열적인, 자유를 갈구하는 힘센 남자로 만든다. 자연스런 삶에 대한 욕구가 표현되며 민요와 민속적 발라드에 대한 새롭게 깨어난 열광도 표현된다. 이것은 괴테가 주인공에게 『유령담시 Geisterballade』를 노래하게 하는데서 드러난다.

그러나 극적 역동성과 고조된 감정은 단조로운 음조의 분위기를 갖는 봐이세의 전통에서 벗어났다. 노래에서 분출되는 폭넓은 감정은 지극히 풍부하다. 축제적인 것에서 나이브하고 감정에 가득찬 것, 감상적인 것, 경쾌한 민속적인 것으로, 비가적인 것을 지나 마지막에는 거의 찬미가로 넘어간다. 그러나 첫 판본에서 괴테에게 중요한 것은 줄거리였으며, 대사가 음악보다 우위를 차지했다.

그러나 이러한 구상은 괴테가 이탈리아 여행에서 봐이세와

프랑스 가극의 모범을 잊어버리고 이탈리아 가극을 모범으로
하는 데 관심을 가졌을 때 변경될 수밖에 없었다. 괴테는 이탈
리아에서 『에르빈과 엘미레』와 『클라우디네』의 개작에 착수했
다. 이제 시보다 음악에 비중이 실렸다. 그래서 괴테는 많은
시적 소재를 내던지고 노래에 집중하기로 결정했다. 산문적 대
화는 이제 서창(레치타티브 Rezitativ)으로 낭송된 시행으로
대치되었다. 동시에 산문적 대화는 그 본연의 역할을 많이 잃
었다. 즉 노래 부분이 확대되고, 모든 인물은 각기 독창(아리
아)을 하게 된다. 이렇게 음악이 강조됨으로써 옛 구조의 본질
적인 것이 파괴되었다. 이렇게 해서 봐이세의 모델에 따른 첫
판본의 시적 아름다움과 느긋함을 거의 유지하고 있지 않은 가
극각본(리브레토)이 되었다.

훗날 이 작품은 프란츠 J. H. Franz와 슈베르트 F.
Schubert에 의해 작곡되었다.

이 번역은 제 1 판본에 의한 것이다. 괴테는 질풍노도시대
의 전형적 인물 크루간티노를 만들어냄으로써 독일문학에 영
향을 주었다. 즉 괴테가 만들어 놓은 인물 크루간티노를 모범
으로 쉴러는 괴테가 혐오하는 『군도 Räuber』의 주인공을 만
들었기 때문이다.

『오누이』

'오누이'란 단어는 괴테에게 특별한 의미를 갖는다. 괴테는 1776년 슈타인 부인 Charlotte von Stein (1742-1827)에게 "당신은 전생에 나의 누이였거나 아내였다"라는 불가사의한 송시를 썼다. 괴테가 슈타인부인에게 보낸 수많은 편지에는 그의 존재가 그녀를 괴롭힌다는 등 괴테의 심한 동요가 나타나 있다. 괴테는 같은 시기에 뷔일란트에게 쓴 편지에서 슈타인부인이 그에게 미친 힘은 영혼의 변화를 통해서만 설명될 수 있다고 썼다. 실제로 괴테가 만났던 수많은 여성 중에서 그의 인생과 창작활동에 가장 큰 영향을 미친 여성은 일곱 살 연상이었던 슈타인 부인이었다

이러한 정황이 이 작품을 해석할 때 전기적 요소를 배제할 수 없는 근거가 된다고 할 수 있겠다. 여기서는 오누이의 사랑에서부터 불타오르는 정열이 외적, 내적 저항에 방해받지 않고 행복한 열정으로 타오를 수 있는 세계가 구축된다. 이 작품의 전기적 요소는 빌헬름이 경솔한 사람, 재산과 재능을 낭비하는 사람에서 아주 다른 인간이 되게 한 여성인물의 이름이 샬롯테라는 것에서도 나타난다. 샬롯테가 죽으면서 빌헬름에게 맡긴 딸 마리안네는 그를 완전히 변화시킨다. 그뿐 아니라 자기 자신도 빌헬름을 사모함으로써 세상을 냉정하고 폐쇄적으로 보

는 태도에서 벗어나 삶을 기뻐하고 열린 마음으로 보게된다.

작품에서 빌헬름이 읽는 샬롯테의 편지가 생전에 쓰여졌다고 하는 거의 확실한 추측도 있다. 오누이 관계에서의 불가사의한 것을 괴테는 그의 친누이 코르넬리아에 대한 관계에서 체험했다. 마이어 R.M. Meyer는 작품 속의 마리안네를 괴테의 친동생 코르넬리아를 반영한것으로까지 해석하려 한다. 여기에 대한 확실한 답은 없다. 오히려 실제 이 작품은 전기적이라기보다는 창작된 것이다. 여기에 몇 가지 현실적 양상이 가미된 것으로 보면 될 것이다. 그것은 삶의 여러 현상들을 여러 측면에서 보고 그것들을 다양한 모습으로 반영하려는 괴테의 강한 충동에서 비롯된 것이다.

10월 28/29일 단 이틀동안 써서 완성한 『오누이』의 구상은 괴테가 말을 타고 예나에서 바이마르로 가는 중에 생긴 것으로 보인다. '여동생' 마리안네가 '오빠' 빌헬름에게 사랑을 고백하고 그도 그녀를 사랑한다고 암시함으로써 오누이의 관계가 남녀간의 사랑으로 확인된다. 그녀가 그의 가슴속 깊은 곳의 감정을 의식하고 고백하게 된 계기는 제 3의 인물 파브리체의 구혼이다. 마리안네는 파브리체의 구혼을 혼란 속에서 받아들이는 것 같이 보이지만 파브리체는 결국 불필요한 존재로 남게 된다. 괴테는 일막극의 성격에 맞게 작고 좁은 세계를 무대로 선택했다.

옮긴이 약력

한국외국어대학교 독일어과 및 동대학원 졸업(문학박사)
독일 뮌헨 대학교 / 괴테-인스티투트Goethe-Institut에서 Großes
Deutsches Sprachdiplom,
독일 괴테-인스티투트에서 Deutschlehrer - Diplom 취득
독일 뮌헨대학교 연구교수
한국외국어대학교, 성신여자대학교, 육군사관학교, 주한독일문화원 강사
현재 충북대학교 교수

논문 및 저서: 〈지크프리트 렌츠의 사실주의적 표현형식연구〉, 〈47 그룹
과 전후독일문학〉, 〈전후독일문학에 있어서의 쿠르츠게쉬히테연구〉〈61
그룹연구〉, 〈가브리엘레 보만〉의 작품에 나타난 여성의 고통, 〈고시독일
어〉 외 다수.
역서: 《니나와 칸딘스키》(니나 칸딘스키, 전예원), 《환상(幻想)과 복
종》(도로테 죌레, 기독교출판사), 《240개의 크림스푼이 만든 세상》
(지크프리트 렌츠, 전예원), 《말괄량이 소녀》(아니키 세텔레, 범우사)

프로메테우스(외)   〈서문문고 308〉

초판 인쇄 / 2005년 10월 25일
초판 발행 / 2005년 11월 5일
옮긴이 / 오 청 자
펴낸이 / 최 석 로
펴낸곳 / 서 문 당
주소 / 서울시 마포구 성산동 54-18호
전화 / 322—4916~8 팩스 / 322—9154
창업일자 / 1968. 12. 24
등록일자 / 2001. 1. 10
등록번호 / 제10-2093
SeoMoonDang Publishing Co. 2001

ISBN 89-7243-508-2   ※ 잘못된 책은 바꾸어 드립니다

서문문고 목록

001~303
◆ 번호 1의 단위는 국학
◆ 번호 홀수는 명저
◆ 번호 짝수는 문학